In der Perry-Rhodan-Reihe
sind als Heyne-Taschenbücher erschienen:

Planet der Mock · Band 16/1
Der große Denker von Gol · Band 16/2
Schatzkammer der Sterne · Band 16/3
Sturz in die Ewigkeit · Band 16/4
Die verhängnisvolle Expedition · Band 16/5
Die Tochter des Roboters · Band 16/6
Die Zeitspringer · Band 16/7
Am Rand des blauen Nebels · Band 16/8
Invasion der Puppen · Band 16/9
Die goldenen Menschen · Band 16/10
Sternkolonie Troja · Band 16/13
Die Nacht des violetten Mondes · Band 16/14
Ich, Rhodans Mörder · Band 16/15
Phantom-Station · Band 16/16
Der Flug der Millionäre · Band 16/17
Raumkapitän Nelson · Band 16/18
Die Zone des Schreckens · Band 16/19
Das Gesetz der gläsernen Vögel · Band 16/20
Das tödliche Paradies · Band 16/21
Der Geisteragent aus dem All · Band 16/22
Der Einsame von Terra · Band 16/23
Baumeister des Kosmos · Band 16/24
Terra in Trance · Band 16/368
Das Aralon-Komplott · Band 16/369
Welt der Prospektoren · Band 16/370
Luminia ruft · Band 16/371
Das Gremium der Vier · Band 16/372
Deserteur der USO · Band 16/373
Die Wurzeln des Todes · Band 16/374
Halo 1146 · Band 16/375
Die Toleranz-Revolution · Band 16/376
Tränen vom Himmel · Band 16/377
Die Elixiere von Chubbid · Band 16/378
Sturm der neuen Zeit · Band 16/379
Als die Kröten kamen · Band 16/380
Verlorenes Leben · Band 16/381
Das sterbende Imperium · Band 16/382
ELOHIM II · Band 16/383
Das Bermuda-Loch · Band 16/384
Eisige Zukunft · Band 16/385
Welt über den Wolken · Band 16/386
Hölle Hoch Vier · Band 16/387
Galaktische Rache · Band 16/388

Perry Rhodan

SCHACH DEN CANTARO

Im Einsatz für die »Widder« –
eine Terranerin sucht die Freiheit

Ein Science-Fiction-Thriller von
HUBERT HAENSEL

Originalausgabe

WILHELM HEYNE VERLAG
MÜNCHEN

PERRY RHODAN
Nr. 16/389

Redaktion: Klaus N. Frick

Printed in France 1995
Umschlagillustration: Alfred Kelsner, Bünde
Umschlaggestaltung: Atelier Ingrid Schütz, München
Satz: Franzis-Druck GmbH, München
Druck und Bindung: Brodard & Taupin

ISBN 3-453-09020-9

1.

Ein kurzes, scharfes Knacken durchdrang die Stille. Danach war alles wieder wie zuvor. Die Ruhe des Todes lastete über den endlos anmutenden Reihen wabenförmiger Behälter – ein Hauch von Ewigkeit.

Irgendwann wiederholte sich das Geräusch. Diesmal zerriß es die Stille wie ein Peitschenknall. Flüssigkeit gurgelte in den Leitungssystemen.

Stunden vergingen. Sie blieben so bedeutungslos wie die ungezählten Jahre und Jahrzehnte vorher.

Als das Gurgeln deutlicher wurde, erwachte in einer der Waben ein grünes Glimmen. Positronenströme aktivierten bislang brachliegende Schaltkreise, und hinter dem transparenten Oberteil des Behälters begannen Nebelschleier zu wogen.

Aus dem Nichts völliger Empfindungslosigkeit heraus entstand ein neuer Lebensfunke, unbedeutend zuerst und sich seiner selbst nicht bewußt, aber ungestüm und gierig vorwärts drängend – ein heftiges, beinahe schmerzhaftes Pulsieren.

Ich! Ein Gedanke nur, wie Wetterleuchten in der Nacht und ebenso schnell wieder erlöschend.

Ich lebe! Unsagbare Erleichterung, doch einen Herzschlag lang auch ein Chaos der Gefühle, eine tosende Woge aus Glück und Panik, aus Verzweiflung und bebender Hoffnung, die das wiedererwachende Leben mit sich riß.

Was blieb, waren Schmerzen.

Zähflüssig pulsierte das Blut durch die Adern, jeder Atemzug stach wie mit eisigen Nadeln in die eben noch brachliegenden Lungen. Ein gequälter lautloser Aufschrei stoppte den Prozeß des Aufwachsens. Still und friedlich war das

Nichts gewesen, aber das wiedererwachende Leben hielt nur Kälte bereit.

Sensoren ertasteten die abflachende Atmung und den plötzlich rasenden Herzschlag.

»Lungenfunktion setzt aus!« – »Herzstillstand!«

Hochdruckinjektionen jagten Medikamente in Muskulatur und Blutkreislauf des weiblichen menschlichen Körpers, Elektroschocks zwangen das Herz, wieder zu schlagen.

»Die Atmung stabilisiert sich.«

»Temperatur steigt jetzt konstant.«

Kurz darauf ein Flattern der Augenlider.

Mir ist kalt.

Der Atem kam nun ruhig und gleichmäßig, alle selbstzerstörerischen Gedanken waren einer angespannten Vorfreude gewichen.

Es fiel der Frau schwer, den Kopf zur Seite zu drehen. Außerhalb des Tanks erkannte sie nur einen fahlen Widerschein, der die Silhouetten anderer Waben verschwommen nachzeichnete.

»Licht!« hauchten die blutleeren Lippen. Die eigene Stimme klang rauh und unverständlich, doch die Automatik reagierte darauf. Sanftes Dämmerlicht erfüllte nun den Tank.

Die Frau spürte, daß ihr Tränen in die Augen schossen. Nicht weil die Helligkeit blendete, sondern vor Rührung.

Mein Gott, ich lebe wirklich!

Sie hatte ihr Ziel erreicht: eine bessere Zukunft.

»Wie fühlst du dich, Tarni?« raunte eine sanfte Stimme unmittelbar neben ihr.

»Bestens«, antwortete sie stockend. »Wie lange habe ich – geschlafen?« Eigentlich war ihr, als hätte sie sich eben erst in dem Kryogentank ausgestreckt.

»Wie fühlst du dich, Tarni?«

Tief atmete sie ein. Nur ein wenig Schwäche und Benommenheit, aber nichts anderes hatte sie erwartet. Gutes Geld gegen gute Leistung. Überhaupt begann sie sich zu fragen, weshalb die Menschen nicht viel früher auf die Idee verfallen waren, Krisenzeiten im Tiefschlaf zu überwinden. Die technischen Mittel dafür waren längst vorhanden.

»Welches Jahr schreiben wir?« drängte sie. Geduld war nie ihre Stärke gewesen; vielleicht, weil sie schon als Kind ein unstetes Leben geführt hatte.

Die Positronik schwieg.

»Weißt du es nicht, oder«, der Gedanke war beängstigend, »haben wir länger als erwartet geschlafen? Was ist inzwischen geschehen, wurde die Milchstraße befriedet?«

»Wie geht es dir, Tarni?«

Sie spürte das Fatale an der Situation, denn den Satz hatte sie eben schon gehört. Mit einem Ruck riß sie sich die letzten Anschlüsse ab und stemmte die Arme hoch; sie drückte gegen den mit Kondensat bedeckten Deckel, schaffte es aber nicht, ihn auch nur ein Stück weit anzuheben.

»Ich muß hier raus!« Panik stieg in ihr auf, der Vergleich des Kryogentanks mit einem Sarg drängte sich in den Vordergrund ihrer Überlegungen. Mit aller Kraft drückte sie nach oben, erreichte aber nur, daß Blut aus den Kanülen an ihren Handgelenken tropfte.

»Öffne, verdammt!« Tarnis gellendem Aufschrei folgte ein hemmungsloses Schluchzen.

»Wie geht es …?«

»Neeeiiin!« Sie keuchte und tobte, schlug sich die Fäuste wund. Das Gefühl ersticken zu müssen, umzukommen in der quälenden Enge, wurde übermächtig. Sie schaffte es nicht einmal, sich auf den Ellenbogen aufzurichten, dazu gab es keinen Platz. Die verfluchtete Positronik war defekt! Sie hatte es geahnt, in dem Moment, in dem sie an Bord des Schiffes gegangen war, aber nichts in der Galaxis hätte sie damals von ihrem Vorhaben abbringen können. Und heute war es zu spät. Umzukommen in diesem Sarg, der ihr Leben vielleicht über Jahrhunderte hinweg bewahrt hatte – welch eine Ironie des Schicksals!

Der eigene hastige Herzschlag brachte sie schier um den Verstand, in ihren Schläfen rauschte das Blut wie ein gigantischer Wasserfall. Tarni zwang sich zur Ruhe, keuchend, nur mühsam ihre Reflexe unter Kontrolle bringend. *Du schaffst es!* redete sie sich ein. *Du mußt es einfach schaffen!*

Der nächste Atemzug – schal und abgestanden schmeckte die Luft.

»Computer ...« Keine Antwort. »Mir geht es schlecht, hörst du?«

Warum kam kein Roboter, kein Mediziner, nicht einmal Hilfspersonal? Die falsche Zeit? War nur sie geweckt worden, und alle anderen schliefen noch? Erinnerungen brachen in ihr auf – Bilder aus der Kindheit, fremde Raumschiffe, zerstörte Welten, Krieg ... Mit einer unwilligen Kopfbewegung versuchte sie, das alles abzuschütteln, die Gedanken freizubekommen. Nicht ablenken lassen! Die Vergangenheit hatte ihre Schrecken verloren, und einzig und allein das Heute zählte. Tarni zwang sich zur Ruhe. *Nur einige Augenblicke der Besinnung!* Es fiel schwer, unendlich schwer, doch sie spürte, wie ihre angespannten Muskeln sich lockerten, wie das Hämmern unter den Rippen abebbte, wie es nachließ und ihr Atem ruhiger wurde.

»Computer, ich wurde aufgeweckt. Öffne meinen Tank!«

Wenn sie in Panik geriet, verbrauchte sie unnötig kostbaren Sauerstoff. Tarni war inzwischen überzeugt davon, daß längst nicht alles so war, wie sie es ersehnt hatte. *Die Versorgungsleitungen!* schoß es ihr durch den Sinn. *Ein Schaden an den Leitungen setzt die Schließfunktion außer Kraft.*

Sie lag nur auf einem Zwischenboden, unter ihr arbeitete die bislang lebenserhaltende Maschinerie. Tarni krallte die Finger in den weichen Kunststoff und riß ihn auf. Daß Blut über ihre Fingerkuppen lief, spürte sie nicht, wohl aber die Ansammlung feiner Leitungen und Sensoren. Sie zerrte die technischen Innereien heraus – so wie damals, als sie das Innenleben ihrer ersten Puppe ergründet hatte. Zwei Jahre war sie alt gewesen, aber sie erinnerte sich noch an den entsetzten Ausruf ihrer Mutter. Und an Dads Lachen, als die Berührung der Energiezelle sie zu Boden geworfen hatte.

Erneut stemmte sie die Unterarme gegen die Abdeckung, und diesmal spürte sie kaum Widerstand. Obwohl die hereinströmende Luft nach Moder roch, glaubte Tarni, nie eine angenehmere Atmosphäre geatmet zu haben.

Minutenlang kämpfte sie gegen die Schwäche an, die von ihr Besitz ergreifen wollte. Die Zeit, in der alle Körperfunktionen fast bis auf Null reduziert gewesen waren, war nicht spurlos vorübergegangen.

Ohne sich dessen bewußt zu werden, betete sie. Worte aus einem Psalm, der selbst im Zeitalter intergalaktischer Raumfahrt seinen Sinn nicht verloren hatte. »... wenn ich sehe die Himmel, deiner Finger Werk, den Mond und die Sterne, die du bereitet hast: Was ist der Mensch, daß du seiner gedenkst, und des Menschen Kind, daß du dich seiner annimmst?«

Endlich fühlte sie sich stark genug, den Tank zu verlassen. Aber schon nach wenigen Schritten brauchte sie einen festen Halt. Vor ihr haftete das eigene Namensschild:

378 – TARNI PERST.

Vergeblich kämpfte sie gegen das Schwindelgefühl an, das ihr die Besinnung raubte.

Als Tarni zum zweitenmal erwachte, fühlte sie sich hundeelend. Jeder Atemzug brannte in ihren Lungen, und bunte Schlieren behinderten den Blick. Vergeblich kämpfte sie gegen den sinnverwirrenden Reigen aus Zackenbändern und Lichtblitzen an; ihr Kreislauf spielte immer noch verrückt.

Allmählich wurde ihr bewußt, daß ihre keuchenden Atemzüge das einzige Geräusch waren. Und daß nicht einmal die Notbeleuchtung brannte. Nur das Licht aus dem Kryogentank entriß die nähere Umgebung der Finsternis.

Schwankend kam Tarni Perst auf die Beine. »Hallo?« krächzte sie, doch die Dunkelheit hatte Bestand, und lediglich ein verzerrtes Echo hallte aus den schmalen Gängen zwischen den Tanks zurück.

Tarni begann zu laufen, stolpernd erst, dann gleichmäßiger. Sie stieß gegen Waben, die sich kalt anfühlten; auf einigen hatte sich dünner Reif gebildet. Überhaupt war es unangenehm kalt, und die Luft roch nach Moder.

Hektischer patschten Tarnis nackte Füße über den Stahlplastboden. Dies war einer von gut einem Dutzend umfunktionierter Laderäume, allein hier 490 Kryogentanks und ebenso viele menschliche Schicksale und Hoffnungen …

Ihre Gedanken und Befürchtungen überschlugen sich. Je weiter sie kam, desto intensiver wurde ein süßer, an Fäulnis erinnernder Geruch. Tarni stieß gegen einen Tank, dessen Hülle wärmer war als bei den meisten anderen. Ihre Finger glitten höher, ertasteten eine Öffnung; der Deckel war halb zur Seite geschoben.

Der Gestank löste beinahe schon Brechreiz aus. Dennoch konnte Tarni nicht zurück. Eine angenehme Wärme umspielte ihre Arme, sie stieß auf Widerstand. Nackte Haut, ein kantiger Brustkorb … Tarni verharrte zitternd. *Wach auf!* dröhnte es unter ihrer Schädeldecke, doch sie brachte die Worte nicht über die Lippen. Als sträube sich etwas in ihr.

Mit den Fingerspitzen ertastete sie weiches, eingefallenes Fleisch. Der Gestank wurde unerträglich. Fäulnis! Ein ersticktes Gurgeln auf den Lippen, prallte Tarni zurück, und als der erste Schock ihr Begreifen nicht mehr behinderte, schrie sie gellend auf. Das Gefühl, den Boden unter den Füßen zu verlieren, in ein endlos tiefes Loch zu stürzen, wurde unerträglich. Alles war plötzlich in einem tosenden Wirbel gefangen, und von irgendwoher mischte sich Licht in die Finsternis, einzelne Streifen, die rasch ineinander flossen und die Dunkelheit verdrängten.

Tarni Perst starrte ihre Hände an, ungläubig und verzweifelt, voll panischer Furcht, dann wanderte ihr Blick wie unter einem unseligen Zwang weiter. Ihr Magen wollte sich umstülpen.

Der Mann vor ihr war tot, er mußte schon vor Wochen gestorben sein. Aber niemand hatte sich um den Leichnam gekümmert, nicht einmal die Roboter …

Vielleicht war es ihr Aufschrei gewesen, der die Positronik veranlaßt hatte, endlich die Beleuchtung zu aktivieren, doch in der gleißenden Helligkeit wirkten die Reihen der Kryogentanks weitaus bedrückender als zuvor. In drei Etagen standen sie übereinander, Seite an Seite, manche mit Reif bedeckt, einige wenige geöffnet.

Särge!

Tarnis Herz schlug in wildem Stakkato. Sie wurde erst ruhiger, als sie in den meisten Waben ganz normal im zeitlosen Schlaf liegende Menschen sah. Nichts deutete auf Fehlfunktionen hin. Nur in zwei weiteren Tanks entdeckte sie bereits skelettierende Leichen.

Schicksal – so versuchte sie, die Tatsachen zu akzeptieren. Obwohl es ihr schwerfiel. Der Tod hätte jeden treffen können, und falls es in den anderen Laderäumen ähnlich aussah, hatte nicht einmal ein Prozent aller Schläfer mit dem Leben bezahlt.

Sie sind eingeschlafen und nie wieder aufgewacht, redete Tarni sich ein. *Kann es eine leichtere Art zu sterben geben?*

Der Gedanke an ihre Mutter drängte sich in den Vordergrund ihrer Überlegungen. Amica Perst war zäh und verfügte über die sieben Leben einer Katze. Sie hatte es nie leicht gehabt, erst während des Ehevertrags mit Vater und später, nach seinem Verschwinden, in der fast schon als Flucht anzusehenden Irrfahrt durch die halbe Galaxis. *Quando Perst* – Amica war erst drei Jahre alt gewesen, als ihr Vater an Bord der CIMARRON und unter Reginald Bulls Kommando verschollen war ... Ein Medo-Robot trat unerwartet aus einem Seitengang hervor.

Das matte Glimmen in seinen Sehzellen ließ Tarnis neu erwachte Zuversicht jedoch rasch wieder schwinden. Man mußte kein Hellseher sein, um zu spüren, daß sich vieles an Bord des Frachters zum Schlechten verändert hatte.

Der Medo brachte mehrere Sensoren zum Vorschein, traf dann aber keine Anstalten, Tarni zu untersuchen, sondern schlürfte wortlos weiter.

Er hinkte. Ein Roboter, der ein Bein nachzog – eigentlich ein Kuriosum.

»Warte!« rief Tarni hinter ihm her.

Nur eine flüchtige Drehung des metallischen Körpers. Die Frau glaubte, ein leichtes Quietschen zu hören. Doch das konnte ebensogut ihren überreizten Nerven entsprungen sein.

»Ich – werde – gebraucht«, verkündete der Medo stockend.

»*Ich* brauche dich. Ich will wissen, wie lange ich geschlafen habe. Und was ist mit meinen Blutwerten? Eine gründliche medizinische Untersuchung steht auf dem Programm.«

»Ich – muß – helfen.«

Vergeblich versuchte sie, dem Roboter den Weg zu vertreten.

»Wohin willst du? Und wo bekomme ich meine Kleidung zurück?«

Sie fror erbärmlich. Es war nicht gerade warm in dem Laderaum, vermutlich lag die Temperatur nur wenige Grad über dem Gefrierpunkt.

»Hangar – drei«, lautete die lapidare Auskunft, die Tarni Persts Adrenalinspiegel von neuem hochtrieb. Hangar III lag im Bug des Frachters, und dort ruhte Amica Perst in Kryogentank 2777.

»Wie geht es den Schläfern in Hangar drei?«

Keine Antwort. Von jäher Verzweiflung übermannt, umklammerte Tarni einen Arm des Roboters; als er immer noch nicht reagierte, begann sie wütend auf ihn einzuschlagen.

Ein Tentakel mit einer Hochdruckkanüle pendelte auf sie zu. »Ich – gebe – dir – ein – Beruhigungsmittel.«

Tarni sprang zurück. »Keine Injektion!« schnaubte sie. »Gib mir lieber Informationen.«

Sekundenlang wirkte der Roboter unschlüssig, dann humpelte er weiter. Die Frau folgte ihm mit einigen Schritten Abstand, hielt die Arme verschränkt und schlug sich mit den Handflächen aufwärmend auf die Schultern.

»Warum kümmert niemand sich um die Toten in den Tanks?«

Der Medo schlurfte bugwärts. In der Intensität schwankende Helligkeit empfing Tarni, gut drei Viertel der Lichtplatten funktionierte nicht oder nur unzureichend.

»Wieviel Zeit ist seit unserem Aufbruch vergangen?«

Ein Antigravschacht. Die Schwerefelder waren erloschen, am Boden des Schachtes lagen die Überreste eines abgestürzten Roboters. Tarni Perst spürte einen eisigen Schauder.

»Was ist vorgefallen?« rief sie dem Medo hinterher. »Ich habe ein Recht darauf, die Wahrheit zu erfahren. Wieso wurde ich aufgeweckt?«

»Fehlfunktion«, schnarrte der Roboter endlich und bog in einen Seitenkorridor ab.

Im Schatten ausgefallener Lichtelemente kauerte eine humanoide Gestalt an der Wand.

»He!« rief Tarni. Der Mann schien zu schlafen, sein kahler, eiförmiger Schädel hing vornübergesunken auf der Brust. Überhaupt wirkte er nicht nur hager, sondern dürr: ein Ara. Seine weit aufgerissenen Augen starrten blicklos auf den Boden.

Tot! hämmerte es in Tarnis Schädel. Der Korridor begann vor ihr zu zerfließen, sich zu winden wie ein getretener Wurm. Ein neuerlicher Schwächeanfall zwang sie in die Knie. Sie überwand sich selbst, als sie zitternd den Arm ausstreckte und das Gesicht des Aras berührte. Sein Fleisch war kalt und starr, aber der Zerfall hatte noch nicht eingesetzt; wahrscheinlich war der Tod erst vor kurzem eingetreten.

Tarni verstand nicht, weshalb sie diese Feststellung mit derartigem Gleichmut traf. Stumpfte der Mensch so schnell ab? Oder träumte sie? Ein Alptraum? Doch der Tote war Realität. Stöhnend raffte sie sich auf und folgte dem Medo-Roboter. Panik und Furcht verblaßten angesichts der immer drängender werdenden Frage, was an Bord des Frachters geschehen war.

Sie erreichte den Medo am nächsten geschlossenen Schott, dem Durchgang zum Vorschiff. Sein Laserskalpell zerschnitt die Abdeckung des Öffnungsmechanismus'. Doch der angezeigte Rotwert blieb. Kein Zugang!

Hinter dem Schott begann Hangar III, lag Amica Perst im Tiefschlaf. Tarni preßte die Lippen aufeinander, als die Erinnerung unversehens aufbrach.

Der Wohnraum war abgedunkelt, an der Decke funkelte ein künstliches Sternenmeer, darunter kreisten die Welten des Sonnensystems. Fasziniert beobachtete Tarni einen der größeren Planeten, der von bunten Ringen umflossen wurde. »Saturn«, plapperte sie munter drauflos. »Mir gefällt er. Wann fliegen wir hin? Morgen?«

»Später, Liebes, wenn du größer bist.«

»Ich bin groß«, behauptete Tarni, und um das zu beweisen, rappelte sie sich auf und streckte sich auf den Zehenspitzen.

»Aber nicht alt genug«, widersprach Amica.

»Doch!« Trotz schwang in der zarten Stimme mit, und gleich darauf protestierte das Mädchen lauter: »Ich will zum Saturn! Das hast du versprochen, und was man verspricht, das muß man halten.«

»Ich habe ...«

Tarni hörte schon nicht mehr zu. Der Saturn war so nahe, daß sie ihn mit ihren zarten Fingern greifen konnte. Sie begann zu hüpfen, auf einem Bein, die Arme weit in die Höhe gereckt, und im nächsten Moment durchdrangen ihre Hände die farbenprächtigen Ringe, verwirbelten die Wolkenschicht des Planeten und schlossen sich fest um den Kern.

Ein leises Summen wurde hörbar, wie von einem gefangenen Insekt. Tarni spürte die Bewegung in ihrer hohlen Hand, irgend etwas Hartes versuchte, die Freiheit wiederzuerlangen. Zugleich verblaßten die wirbelnden Ringe zwischen ihren Fingern.

Sie lachte, doch dieses Lachen wurde zum schmerzerfüllten Aufschrei.

»Es tut weh ...«

»Laß den Roboter los, Kind! Schnell!«

Mum sprang in der Dunkelheit auf. Flüchtig streifte sie den Mars, wurde ihr Gesicht von rotem Licht verzerrt. Nein, den Mars mochte Tarni nicht, er war kahl und unheimlich.

Ihre Hände verkrampften sich, der Schmerz wurde stärker. Sie schrie, Tränen rannen über ihre Wangen; sie stolperte, fiel hin und fing sich nicht einmal ab, weil sie Angst davor hatte, die Hände zu öffnen, und fürchtete, der Schmerz könne dann noch schlimmer werden.

»Warum hörst du nicht?« Amica zerrte sie hoch und versuchte,

ihre Finger zu lösen, Tarni strampelte vor Furcht mit den Beinen. Plastik splitterte, der Kontrollturm des Raumhafenmodells krachte gegen die Tischkante, aber im selben Moment lösten sich Tarnis Hände. Ein Ding so groß wie eine Walnuß verharrte bösartig surrend und stieg danach im Zickzack in die Höhe.

»Du hast mir wehgetan!« schrie Tarni und wollte nach dem Spielzeugroboter schlagen, doch Amica hielt sie zurück.

»Der Projektor hat dir die Handflächen verbrannt.« Sie holte ein Spray, das angenehm kühl war und sich wie eine neue Haut über die Blasen legte. Danach tupfte sie Tarni die Tränen aus dem Gesicht. »Der Roboter ist für den freien Flug programmiert, du darfst ihn nicht einfangen.«

»Aber ...«

»Genug für heute, Tarni. Pack die Raumschiffe ein und dann ab ins Bett.«

»Die CIMARRON nehme ich mit.«

»Du räumst alles Spielzeug weg, Tarni.«

Sie schluckte schwer und verbiß sich ein neuerliches Schluchzen. Trotzig hob sie das Schiffsmodell auf und preßte es mit beiden Armen an sich, gleichzeitig suchte ihr Blick schon wieder nach dem Saturn, dessen Ringe nur noch blaß schimmerten.

»Wann kommt Dad zurück?« brach es aus ihr hervor.

Amica war anzusehen, daß sie eine solche Frage befürchtet hatte. Sie schüttelte den Kopf, strich ihrer Tochter über das Haar. »Ich weiß es nicht, Kind.«

»Ich will aber, daß Dad zurückkommt!« Trotzig stampfte Tarni mit dem Fuß auf.

»Quando hat dich geschlagen.« Ganz nahe war Amicas Gesicht jetzt. Mutter küßte sie auf die Stirn.

»Nein«, brummte Tarni und versuchte, sich aus der Umarmung zu lösen, »Dad ist viel zu lange bei den Sternen. Sag ihm, daß ich ihn mag. Er ist nicht böse. Bitte, Mum.«

Amica Perst schluckte schwer. »Bald«, sagte sie ausweichend, »bald wird dein Vater wieder auf der Erde landen.«

»Kein – Zugang«, schnarrte der Medorobot und schreckte Tarni Perst aus ihren Gedanken auf. Einen Moment lang hatte sie wirklich geglaubt, wieder auf Terra und ein Kind zu sein, das noch nicht ahnte, wie grausam das Leben sein konnte.

Weihnachten 447 NGZ hatte Mutter ihr das Raumfahrset mit dem Modell der CIMARRON geschenkt – vielleicht weil Amica damals schon bereut hatte, Quando einer Lapalie wegen verstoßen zu haben. An Bord der CIMARRON war ihr Vater in der Unendlichkeit verschollen.

Ihre Schuldgefühle war Tarni nie losgeworden. In ihrem Übermut hatte sie Dad als Dreijährige derart provoziert, daß ihm die Hand ausgerutscht war. Sie hatte den Ehevertrag ihrer Eltern zerstört und selbst wohl am meisten darunter gelitten.

2.

Funktion nicht ausführbar, flimmerte es in endloser Schriftenreihe über den Monitor. Tarni Perst merkte gar nicht, daß sie sich die Unterlippe blutig biß; erst der warme Geschmack auf der Zunge schreckte sie aus ihrer Starre auf.

»Ich kann nicht mehr«, keuchte sie im Selbstgespräch, »ich halt' das nicht länger aus.« Sie sackte vornüber und vergrub den Kopf in den auf der Konsole verschränkten Armen. Ein heftiges Zittern durchlief ihren Körper.

Das Schriftband gruppierte sich um. *Erbitte neue Eingabe.*

Seit zehn Stunden war sie schon wach – zehn endlos lange Stunden, in denen sie gelernt hatte, daß Hoffnungen trügen konnten. Vor allem, wenn diese Hoffnungen mit viel Geld erkauft worden waren.

Nachdem Hangar III sich als unzugänglich erwiesen hatte, war sie in blinder Ohnmacht durchs Schiff gelaufen, auf der Suche nach Beistand, den sie nicht fand. Versorgungsroboter waren zu metallenen Skulpturen erstarrt, und nur wenige Maschinen folgten noch ihrer Programmierung in räumlich eng begrenzten Bereichen.

Warum sie geweckt worden war? Tarni Perst wußte es

nicht, konnte mittlerweile nur vermuten, daß die Ursache in einem technischen Defekt begründet lag. Und daß sie von Glück reden konnte, daß sie noch lebte. Andere vor ihr hatten die Reanimation mit dem Leben bezahlt, hatten vielleicht nicht einmal gespürt, was mit ihnen geschah. Siebenundsechzig Tote in verschiedenen Phasen des körperlichen Zerfalls hatte Tarni gezählt, skelettierte Leichname ebenso wie Männer und Frauen, bei denen die Verwesung erst eingesetzt hatte.

Schwerfällig hob sie den Kopf. »Computer«, stieß sie gepreßt hervor, »gib mir ein Protokoll aller Ausfälle und Funktionsstörungen an Bord!«

»Es gibt keine Beeinträchtigungen«, lautete die Antwort.

Tarni schüttelte den Kopf. »Die Tatsachen sehen anders aus«, seufzte sie.

Sechstausendachthundert Menschen und Angehörige weiterer galaktischer Völker an Bord, und ausgerechnet sie war aus dem Tiefschlaf aufgeweckt worden und debattierte mit einem Rechengehirn, das alle Ungereimtheiten ignorierte, frei nach dem Motto, daß nicht sein konnte, was nicht sein durfte.

»Der Flug verläuft programmgemäß. Für Leben und Gesundheit der Schläfer besteht keine Gefahr.«

Die Floskel war blanker Hohn. Tarni schluckte ihre Erwiderung jedoch unausgesprochen hinunter. Mit den Fingerspitzen massierte sie sich die Schläfen. Von der matten Sichtfläche des Monitors blickte ihr ein abgespanntes Spiegelbild entgegen. Das wirre, knapp schulterlange Haar; die tief in den Höhlen liegenden blutunterlaufenen Augen; die inzwischen deutlich sichtbaren Sorgenfalten – das war nicht die Tarni, die sie kannte, sondern eine vom Schicksal gezeichnete Frau, die nicht mehr wußte, wie ihr geschah. Daran änderte selbst die Tatsache wenig, daß sie inzwischen ihren Spind gefunden und den Folienoverall mit dem Holoeffekt angelegt hatte.

»Computer«, sagte sie zornig, »wie lautet deine Aufgabe?«

»Geschützte Daten. Zugriffsberechtigung verwehrt.«

So kam sie nicht weiter. »Nenn das heutige Datum!« Schweigen. »Du bist defekt. Kannst du den Fehler eigenständig beheben?«

»Keine Fehlfunktion erkennbar.«

»Dann will ich dir sagen, was deine Aufgabe ist: Du sollst alle Passagiere in eine sichere Zukunft befördern. Projekt *L.I.E.B.E. – Leben in einer besseren Epoche!* Aber du läßt zu, daß die dir anvertrauten Menschen vor der Zeit geweckt werden. Weißt du, wie viele schon gestorben sind?«

»Die Medo-Roboter hätten mich bei einer Unregelmäßigkeit informiert. Alles verläuft plangemäß.«

»Die Roboter sind zu Denkmälern erstarrt!« Tarni Perst schrie die Worte, sie hielt es nicht mehr aus. Mit einer fehlerhaften Positronik diskutieren zu wollen war sinnlos. Sie hatte geahnt, daß es Komplikationen geben würde, die chaotischen Zustände in der Milchstraße hatten ihr aber nur die Wahl gelassen, entweder die Flucht nach vorne anzutreten und auf eine bessere Zeit zu hoffen, oder vom Mahlstrom kriegerischer Konflikte verschlungen zu werden ... Daß ausgerechnet ein abgetakelter Frachter die ersehnte Rettung aus der Not bringen sollte, war zweitrangig gewesen. Tarni hatte weniger das Schiff gesehen, als vielmehr die Idee hinter allem. Sich einfrieren lassen, irgendwo in der Milchstraße die Kriege überdauern und am Morgen einer neuen Zeit ein zweites Leben beginnen. Kein Hokuspokus, keine Scharlatanerie, sondern nachvollziehbare Technik.

»Ich nehme an, wir empfangen Hyperfunksprüche, aus denen wir Rückschlüsse ziehen können. Gib mir den Wortlaut aktueller Sendungen.«

»Der Funkempfang ist gestört.«

»Seit wann?« Da war es wieder, dieses ungute Gefühl eigener Hilflosigkeit.

»Keine Angabe möglich.«

»Versuch es wenigstens!« Tarni Perst schwang sich mitsamt dem Kontursessel herum. Eine Raumschiffszentrale hatte sie anders in Erinnerung: voll pulsierendem technischen Leben, Hologramme, Bildschirme, blinkende Skalen – hier gab es nur ein paar flackernde Lichter und matt glotzende Schirme, ein Leben auf Sparflamme.

Kalter Schweiß brach ihr aus allen Poren. Gleich darauf war ihr, als ob sie schwebte. Alles um sie herum begann sich zu drehen, die Bildschirmgalerien verwandelten sich in gefräßig weit aufgerissene Mäuler inmitten zuckender Warnanzeigen. Kostbare Zeit verging, bis Tarni endlich begriff. Die Zusammensetzung der Atemluft hatte sich verändert.

Sie stieß sich ab, taumelte, sah das Schott verschwommen vor sich. Die Luft wurde zum zähflüssigen Medium, in dem sie sich jeden Meter erkämpfen mußte. Ihren rasselnden Atemzügen folgte ein gequältes Husten. Das Schott geriet in Bewegung, begann sich zu verformen wie flüssiges Wachs, und Tarni griff ins Leere. Wo eben noch eine feste Wand zu sein schien, war plötzlich nur wogende Leere. Trotzdem fand sie den kühlen Stahl, ihre Finger tasteten über die glatte Oberfläche, und irgendwie mußte sie es geschafft haben, den Öffnungsmechanismus zu finden, denn unvermittelt glitt das Schott auf.

Gierig sog Tarni Perst die frische Luft ein. Der Zustand des Frachters war weitaus desolater als zunächst angenommen.

Heute ist der dritte Tag in meinem neuen Leben, das ich mir weiß Gott anders vorgestellt hatte. Ich weiß nicht wie – aber eben anders.

Mein Versuch, das Logbuch des Frachters abzuhören, blieb vergebliche Mühe. Also tappe ich weiterhin im Dunkeln, was die momentane Lage betrifft. Andererseits kann ich, wenngleich mir die Logik dahinter verborgen bleibt, Aufzeichnungen anfertigen. Also rede ich mir von der Seele was mich bedrückt, in der Hoffnung, daß ich mich danach wohler fühle.

Nur der Vollständigkeit wegen: Ich bin Tarni Perst, Terranerin, 32 Jahre alt. Geboren wurde ich anno 444 NGZ ...

Die beiden letzten Sätze löschen!

Mein Name ist Perst, Tarni Perst. Wer immer diese Aufzeichnung abhört, mag glauben, den Namen schon einmal gehört zu haben. Das ist möglich. Quando Perst, mein Vater, hat am 2. September 447 NGZ an Bord der CIMARRON unter dem Kommando von Reginald Bull die Erde verlassen. Mit Kurs auf die Galaxis Hangay. Das Schiff ist nie zurückgekehrt und teilt das Schicksal von Perry Rhodans Tarkan-Flotte. Eine Suchexpedition fand in Hangay unwiderlegbare Beweise, daß alle vierzehn Raumer vernichtet wurden, vor laufenden Kameras haben gefangene Hauri gestanden, aktiv an der Vernichtung beteiligt gewesen zu sein. Ich kann mich nicht daran erinnern, aber Mutter hat oft davon gesprochen. Und diese Nachrichtensendung, die damals bis in den hintersten Winkel der Milchstraße verbreitet wurde, war ausschlaggebend für sie gewesen, die Erde zu verlassen. Bis dahin hatte sie immer noch gehofft, Quando würde eines Tages zurückkehren.

Ich wollte nicht pathetisch werden. Die persönlichen Daten nochmals löschen, ich beginne neu.

Ich wurde aus dem Tiefschlaf geweckt und habe vieles an Bord der PEACE-LOVING II in einem desolaten Zustand vorgefunden. Vermutlich wurde von Anfang an mit falschen Karten gespielt.

Besonders wohl fühle ich mich nicht, wenn ich an die Zukunft denke. Drei Tage des Alleinseins lassen sich verkraften, aber ich frage mich, wie viele solche Tage noch kommen werden. Die Positronik weist umfangreiche Schäden auf. Die Ursachen dafür können vielfältiger Natur sein: Überalterung – immerhin war der Frachter schon zum Zeitpunkt des Starts ein Veteran, nur wollte das niemand wahrhaben, und ich nehme mich selbst in keiner Weise aus; kosmische Strahlung; Programmfehler …

Ich kenne dich nicht, Fremder, der du dieses Logbuch eines Tages abhören wirst, aber ich hoffe, du hältst mich nicht für eine Schwätzerin. Versuch lieber, dich in meine Situation hineinzudenken.

Es ist keineswegs leicht, in einer neuen Zeit aufzuwachen.

Und werfe mir bitte nicht vor, daß ich es so wollte. Äußere Umstände zwingen Menschen häufig zu einer Handlungsweise, vor der sie eigentlich Angst haben. Mir erging es jedenfalls so. Zum Glück hatten Mutter und ich zuletzt nahezu alle Brücken hinter uns abgebrochen.

Wenn ich es recht bedenke, bestand mein Leben bis heute nur aus Hoffen und Warten.

... warten, daß Dad zurückkehrte. Ich erinnere mich an die vielen schlaflosen und durchweinten Nächte, an meine kindlichen Alpträume, in denen Quando Perst von schrecklichen Kreaturen bedroht wurde. Das Warten war vergeblich gewesen.

... hoffen auf neue Freunde und ein unbeschwertes Leben auf der Kolonialwelt Ermindor. Gerade acht Jahre alt war ich gewesen, als die Katastrophe über Ermindor hereinbrach. Tod und Vernichtung haben sich unauslöschlich in meine Gedankenwelt eingebrannt und die Hoffnung für lange Zeit zerstört.

Der Krieg hat mir die Kindheit geraubt. Wenn ich zurückdenke, erinnere ich mich an Leid und Tränen und Schmerzen, an zerstörte Welten und an Raumschiffe, in denen wir Siedler wie Vieh zusammengepfercht wurden. Eine jahrzehntelange Flucht vor unbekannten Feinden, die gnadenlos und ohne Vorwarnung Tod und Vernichtung säten. Ich habe Angst davor, daß sich wenig verändert hat.

Verfluchte Positronik, verrat mir endlich, welches Jahr wir schreiben!

Ich war viel zu lange eingesperrt – was ich brauche, ist fester Boden unter den Füßen, Wind, der mich umspielt, und Regen, der mich fühlen läßt, daß ich wirklich noch lebe. Ich hasse die sterile, nach Maschinen und keimtötenden Mitteln riechende Raumschiffsluft, mir treiben die engen Flure und nüchternen Räume den Schweiß auf die Stirn. Ich sehne mich nach der Freiheit eines Planeten. Aus den oberen Etagen eines Pilzhochhauses kann man die Rundung des Horizonts erkennen; an Bord des Frachters starrt man schon nach wenigen Metern auf stählerne Wände oder taube Bildschirme.

Meine Güte, was rede ich da? Löschen! Alles wieder löschen! Das Alleinsein bekommt mir nicht.

Von düsteren Gedanken getrieben, verließ Tarni Perst die Zentrale des Frachters; in dem Moment lief sie vor sich selbst davon, ohne Ziel, aber einem unbegreiflichen Zwang folgend, der beinahe in Selbstzerstörung mündete. Weiter, schneller, den eigenen Körper fordernd; endlich wieder schweißdurchnäßt den hastigen Pulsschlag fühlen, der die aufkeimende Depression vertreibt. Flimmern vor den Augen, die Grenze der Leistungsfähigkeit ist schnell erreicht – immerhin haben die Muskeln lange Zeit brachgelegen. Sie ist erschöpft, hält kurz inne und zwingt sich weiter. Ihr Herzschlag droht den Brustkorb zu sprengen, doch sie fühlt sich leichter, ihre keuchenden Atemzüge vertreiben die Enge, die ihr beinahe zum Verhängnis geworden wäre. Kein Selbstmitleid, kein Hadern mit der Vergangenheit. Nur die Zukunft zählt. Alles andere ist längst Geschichte.

Wieder stößt sie auf einen zur Reglosigkeit erstarrten Roboter. Lange schon steht er da, eine dünne Staubschicht haftet auf seinen stählernen Schultern. Tarni stößt ihn mit der flachen Hand an.

»Beweg dich!« schnauft sie. »Wir müssen einen Planeten finden, auf dem wir landen können.«

Die Sehzellen bleiben grau und erloschen. Nicht einmal ein flüchtiges Aufblitzen verrät, daß noch Energie in dem massigen Körper steckt.

Tarni beißt die Zähne zusammen. Mit beiden Händen greift sie nach dem angewinkelten Unterarm des Roboters, schafft es aber nicht, ihn zu bewegen.

Im nächsten Moment zucken ihre Hände hoch, verkrampfen die Finger sich um die eigenen Schläfen. Was ist mit ihr los? Äußerst sich so ein beginnender Raumkoller?

Früher hatte Tarni über derartige Vorstellungen gelacht, inzwischen sah sie vieles mit anderen Augen. Verwirrt starrte sie den Medo an. Ein Räuspern war erklungen. Aber nicht der Roboter hatte es ausgestoßen.

Tarni Perst wirbelte herum. Ein schwaches, kaum verständliches »Hallo!« war das einzige, was sie in ihrer Überraschung hervorbrachte.

Der Mann ihr gegenüber mußte aus einem Seitenkorridor gekommen sein. Sein Alter war schwer zu schätzen, ebenso seine Abstammung. Mit ungefähr eins sechzig war er gut einen halben Kopf kleiner als Tarni, jedoch wirkte sein Körperbau überaus kompakt. Der Schädel war kahl, und der Blick der tief in den Höhlen liegenden Augen ruhte unverwandt auf Tarni.

Er wollte etwas sagen, brachte aber nur ein heiseres Krächzen hervor. Er taumelte, streckte hilfesuchend die Arme aus und brach wie vom Blitz gefällt zusammen.

»Medo!« brüllte Tarni Perst mit sich überschlagender Stimme. Eine sinnlose Reaktion.

Der Mann atmete nur noch schwach. Kalter Schweiß bedeckte seinen Schädel und sein Blick verlor sich in unergründlicher Ferne. Tarni kniete neben ihm, fühlte den Puls an seiner Halsschlagader, der nur noch schwach und flatterhaft zu spüren war.

»Haben ... wir es geschafft ... geschafft?« Unendlich leise die Frage, kaum merklich die Bewegung der blutleeren Lippen. Tarni fühlte, daß der Mann nicht mehr lange zu leben hatte.

»Wir haben eine bessere Zeit erreicht«, log sie – vielleicht weil sie das liebend gerne selbst geglaubt hätte. Es war eine barmherzige Lüge, die ein Lächeln auf sein Gesicht zauberte. Für einen flüchtigen Moment kehrte sein Blick aus der Ferne zurück. Der Mund formte tonlose Worte, aber dann erstarrte er.

Tarni schluckte krampfhaft. »Geh nicht! Das Leben ... es fängt für uns gerade wieder an.« Gehetzt blickte sie um sich, doch kein Roboter erschien, niemand, der den Sterbenden noch einmal ins Leben hätte zurückholen können. »Medo!« brüllte sie. »Hierher, verdammt!«

In dumpfem Echo hallte ihre Stimme aus den Korridoren zurück. Tarni wurde endgültig klar, daß nicht nur vielfältige

Funktionen des Schiffes im Laufe der Jahre ausgefallenen waren, sondern auch die Kryogentanks fehlerhaft arbeiteten. Wahrscheinlich hatten sie nie richtig funktioniert, war der Frachter von Anfang an dazu verurteilt gewesen, als Totenschiff durch die Galaxis zu fliegen.

In den Jahren nach der Großen Kosmischen Katastrophe hatte Tarni Perst viele Menschen sterben sehen. Sie haßte den Tod, hatte sich nie damit abfinden können, daß er vom Augenblick der Geburt an unausweichlich bestimmt war.

»Komm zurück!« Ein verzweifeltes Aufschluchzen. Tarni schüttelte den schlaffen Körper, krallte ihre Finger in die nackten Schultern, bis endlich ein sanftes Lächeln die Starre des Gesichts vertrieb. In dem Moment hätte sie nicht zu sagen vermocht, ob sie wirklich dem Mann helfen wollte oder nur aus Eigennutz handelte, weil sie nicht allein bleiben wollte.

Schlurfende Schritte näherten sich. Tarni hob jedoch erst den Blick, als eine metallene Hand sich auf ihre Schulter legte. Der Medo, sie erkannte ihn an seinem hinkenden Gang, unterzog den Mann einer kurzen Untersuchung.

»Was – ist – geschehen?« fragte er.

»Was?« wiederholte Tarni ungläubig. »Das weißt du besser als ich, und wenn nicht, frag die Schiffspositronik.«

»Der Mensch – ist – tot«, lautete die lapidare Feststellung.

Wieder ein Schäfer, der seine Hoffnungen mit dem Leben bezahlt hatte. Wie in Trance murmelte Tarni ein knappes Gebet. Das heißt, schon nach den ersten Worten versagte ihre Stimme. »Laß mich!« wollte sie abwehren, als der Medo sich ihr zuwandte, doch ihre Kehle war wie zugeschnürt. Mit einer hastigen Bewegung entzog sie sich dem Roboter und rannte davon.

Später entsann sie sich nur, daß sie mehrmals vor dem verriegelten Schott zum Vorschiff gestanden und sich die Fäuste daran blutig geschlagen hatte. Das alles war wie ein böser Traum. Ihr bewußtes Denken setzte erst wieder in dem Laderaum ein, in dem sie lange Zeit geschlafen hatte.

Ringsum schimmerten viele grüne Lichter. Die Automatik war im Begriff, weitere Schläfer aufzuwecken.

»Meine Zuversicht wächst endlich. Ich habe keine Ahnung, nach welchem Schema dies geschieht, doch in beinahe allen Laderäumen steigen Menschen aus den Tanks. Viele wirken verwirrt. Anfangs hatte ich genug damit zu tun, ihnen die Situation so gut wie eben möglich zu erklären, inzwischen erledigen das andere für mich.

Leider sind weiterhin Tote zu beklagen. Ich bin nicht in der Lage, Zahlen zu nennen, und schon gar nicht lasse ich mich auf Spekulationen ein, aber sehr viele werden nie aufstehen.

Einige raumerfahrene Männer und Frauen haben bereits mit der Überprüfung der wichtigsten Funktionen des Frachters begonnen, vor allem der Positronik. *Wie sieht es inzwischen in der Milchstraße aus?* Das ist die Frage, die uns alle bewegt. Keiner kann sich ihr entziehen und die Antwort darauf wird unser Schicksal entscheidend mitbestimmen. Wir ...«

Im Eingangsbereich der Zentrale brandete Lärm auf. Tarni Perst unterbrach ihre persönliche Aufzeichnung.

Jemand redete von Trinkwasser. Hastig und heftig gestikulierend. Ein Glas machte die Runde, halb gefüllt mit einer öligen, Schlieren bildenden Flüssigkeit. Der strenge Geruch erinnerte an Desinfektionsmittel.

Torne Maggas war Magazinverwalter an Bord eines Flottenschiffs gewesen, bevor er sich für den Tiefschlaf entschieden hatte und desertiert war. »Bisher haben wir nur das Wasser getrunken, das innerhalb des Leitungssystems vorhanden war«, sagte er. »Wegen des steigenden Bedarfs mußten die Tanks zugeschaltet werden – aber sie sind mit Keimen verseucht.«

»Sind alle Vorräte betroffen?« Helge Sommer, Techniker und Pilot, war erst zwei Monate vor dem Aufbruch des Frachters in den wohlverdienten Ruhestand getreten. In mühsamer Kleinarbeit hatte er es inzwischen geschafft, das

Bordobservatorium und wenigstens die Nahortungen wieder in Betrieb zu nehmen. Von mehreren Bildschirmen funkelte das Band der Milchstraße.

»Alle Vorräte«, bestätigte Maggas. »Wir könnten zwar die Wiederaufbereitung in Gang setzen, aber damit schaffen wir das Problem nicht aus der Welt.«

»Wie lange?« wollte Sommer wissen.

Der Magazinverwalter schüttelte den Kopf. »Nicht der Rede wert.«

»Die Vorräte der Raumanzüge reichen jeweils für mindestens eine Woche«, warf Tarni Perst ein.

»Theoretisch hast du recht«, bestätigte eine Frau an Maggas' Seite, deren Namen Tarni vergessen hatte. »Unglücklicherweise habe ich im zugänglichen Teil des Schiffes nur fünfundvierzig Anzüge gefunden.«

»Dann bleibt uns nur, einen Notruf abzusetzen.« Tarni bedachte den Piloten mit einem hoffnungsvollen Blick, doch Sommer schüttelte den Kopf.

»Momentan können wir weder senden noch empfangen«, widersprach er. »Die Funkstation und die Hauptzentrale wurden bei diesem Schiffstyp dezentralisiert angelegt.«

»Es dürfte doch nicht schwer sein, die Funkzentrale zu finden.«

»Das nicht«, versicherte Maggas. »Die Baupläne habe ich der Positronik schon entlockt. Leider kommen wir nicht ins Vorschiff.«

Tarni stieß eine wenig damenhafte Verwünschung aus. »Heißt das, wir haben keine Möglichkeit, Hilfe herbeizuholen? Gibt es an Bord keine Waffen, mit denen wir das Schott aufschneiden könnten, und nicht ein einziges lumpiges Beiboot?«

»Nur die Raumanzüge«, bestätigte Sommer. »Wir müssen aussteigen und versuchen, von außen ins Vorschiff einzudringen.«

»Na also«, triumphierte Tarni Perst. »Worauf warten wir noch, meine Herren?« Sie sagte es in einem Tonfall, der Widerspruch gar nicht erst aufkommen ließ.

Weil die Energieversorgung der Mannschleuse während des Druckausgleichs zusammengebrochen war, mußten sie das Außenschott im Handbetrieb öffnen. Fauchend entwich die restliche Atmosphäre ins Vakuum.

Raumschiffe und Transmitter waren für die Menschen des fünften Jahrhunderts Neuer Galaktischer Zeitrechnung Transportmittel, die man ebenso selbstverständlich benutzte wie in früheren Jahrhunderten Gleittaxis oder Magnetschwebebahnen. Doch Gelegenheit zu einem Weltraumspaziergang hatten die wenigsten. Schon während der letzten Minuten hatte Tarni Perst ein stärker werdendes unangenehmes Prickeln verspürt, und dieses Prickeln verwandelte sich schlagartig in Übelkeit. Die Schwärze des Weltraums: ein gigantisches Nichts, das sie geradezu magisch anzog. Ohne es zu wollen, machte Tarni einen Schritt vorwärts, dann einen zweiten. Sie breitete die Arme aus und torkelte ins Leere.

Begriffe wie oben und unten, rechts oder links verloren ihre Gültigkeit. Das All begann zur rotieren, Sterne wurden zu ineinander verschlungenen Lichtspuren, ein sinnverwirrendes Chaos. Tarni spürte eine unbeschreibliche Faszination ebenso wie den tödlichen Sog, der sie in die Unendlichkeit riß. Stimmen redeten auf sie ein; sie verstand nicht, was sie sagten.

Ein schwarzes Loch inmitten des Sternenmeeres ...

Eine Dunkelwolke.

Nur diese Schwärze schien Bestand zu haben, während alles andere in unkontrollierbarer Bewegung gefangen war.

Es besteht keine Gefahr. Die Dunkelwolke ist Hunderte von Lichtjahren entfernt.

Tarni schloß die Augen. Das Gefühl, unaufhaltsam in unbekannte Tiefen zu stürzen, ließ sich nicht vertreiben. Allmählich verstand sie, daß die Stimmen von ihr forderten, das Flugaggregat zu aktivieren. Aber alles, was sie eben noch gewußt hatte, schien ebenfalls durcheinander zu wirbeln.

Abrupt verlangsamte sich die Bewegung. Durch den

Raumanzug hindurch spürte Tarni Perst eine feste Berührung. Ein Raumhelm stieß gegen ihren, und eine dumpfe, verzerrt klingende Stimme fragte: »Was ist los mit dir? Schwierigkeiten mit dem Funk?«

»Mit mir«, antwortete sie hastig atmend. Immer noch drehte sich alles in ihr. Hätte sie jetzt festen Boden unter den Füßen gehabt, sie wäre schon beim ersten Schritt gestürzt.

»Du mußt das Schwindelgefühl ignorieren. Versuch zu vergessen, wo du dich befindest. Schau einfach stur geradeaus.«

Der Frachter geriet wieder ins Blickfeld. Tarni registrierte, daß sie mehrere hundert Meter weit abgetrieben worden war.

Die PEACE-LOVING II war ein plumpes Schiff, früher einmal als Transporter für landwirtschaftliche Erzeugnisse eingesetzt. Die langgezogene ovale Form wurde nur durch den geraden Heckabschnitt mit den monströsen Triebwerksdüsen unterbrochen. Zwei kuppelförmige Aufbauten mittschiffs waren nachträglich zur Erweiterung des Frachtvolumens angebracht worden, in den beiden heckwärtigen kleineren Kuppeln verbargen sich die momentan ungenutzten Mannschaftsunterkünfte. Tarni erschien der matte, vom Licht der fernen Sterne beschienene Rumpf öd und trostlos.

Torne Maggas schwebte bereits an der vorderen Kuppel empor. Aus dem Helmlautsprecher erklang sein überraschter Ausruf.

»Was ist?« wollte Sommer wissen. Immer noch schleppte er Tarni mit sich, und sie versuchte gar nicht erst, sich aus seinem Griff zu befreien. Weil sie nicht erneut orientierungslos abdriften wollte.

Gleich darauf sahen Tarni und der Pilot, was Maggas erschreckt hatte. Die Backbordseite des Frachters war vom Bug bis über die Schiffsmitte hinaus aufgerissen. Mehrere Sektionen bestanden nur noch aus verdrehten Trägern und Platten, zum Teil geschmolzen und in bizarren Formen wieder erstarrt, als hätte ein überdimensionaler Vorschlaghammer das Schiff getroffen.

»Wahrscheinlich ein Asteroid«, sagte der Pilot tonlos.

Ein unbegreifliches Chaos. Offenliegende Decks, verdrehte Korridore; Versorgungsleitungen, die wie dürre Spinnenfinger in die Leere ragten; dazwischen, aus den Befestigungen gerissen, aufgeplatzt, übereinandergewürfelt: Kryogentanks. Einige Dutzend. Viele andere wohl für immer in der Unendlichkeit verschwunden.

»Der Funkleitstand lag nahe der Mittelachse«, sagte Helge Sommer. Seine Stimme vibrierte. Trotzdem war herauszuhören, daß er sich zum Optimismus zwang.

»Und wenn nicht?« fragte Maggas prompt. »Haben wir dann noch eine Chance, uns bemerkbar zu machen?«

»Mal den Teufel nicht an die Wand! Sieh lieber zu, daß wir einen Weg durch dieses Chaos finden, ohne uns die Anzüge aufzuschlitzen.«

»Ich schaffe es schon«, versicherte Tarni Perst, die spürte, daß sie den beiden Männern zum Ballast geworden war. »Nehmt auf mich keine Rücksicht.«

»Du solltest umkehren«, schlug Sommer vor. »Zur Funkanlage vorzudringen wird kein Sonntagsspaziergang, sondern unter den gegebenen Umständen ein Spiel mit dem Tod.«

»Meine Mutter liegt in dem verwüsteten Segment«, erinnerte Tarni bitter.

Während der nächsten vierzig Minuten schwieg sie, hatte ohnehin genug damit zu tun, den Männern dicht auf den Fersen zu bleiben. Die Schwerelosigkeit machte ihr zu schaffen. Die geringste unbedachte Bewegung, eine Drehung, die sich nicht schnell genug stoppen ließ, konnte ihr Schicksal besiegeln. In ihrer Jugend hatte sie Menschen an explosiver Dekompression sterben sehen, und das war weiß Gott ein entsetzlicher Anblick. Über Jahre hinweg war sie beinahe jede Nacht schweißgebadet aufgeschreckt, weil sie in Alpträumen immer wieder die Blutfetzen gesehen hatte.

Zweimal mußten sie umkehren, weil zerknitterte Trennschotten jedes Weiterkommen unmöglich machten. Auf gut dreißig Meter Tiefe war der Frachter aufgerissen worden – eine Wunde, die irreparable Schäden hinterlassen hatte. Überwiegend war der Stahl scharfkantig, er bildete Grate und Spitzen, denen man besser nicht zu nahe kam, doch es gab auch Stellen, an denen extrem hohe Temperaturen alles Material verflüssigt hatten. Halbkugelförmige Einbuchtungen waren geblieben, die den Eindruck entstehen ließen, als hätte eine Schrotladung das Schiff gestreift.

Eine Zwischendecke war zum Korkenzieher verdreht und aufgeplatzt. Wie Borsten standen schenkeldicke Versorgungsleitungen aus den Rissen hervor, ein Vorhang, der erst mühsam zur Seite gebogen werden mußte.

Tarni Perst sah den Medo-Roboter zu spät – oder vielmehr den Torso, der von dem Roboter noch geblieben war. Hervorquellende künstliche Augen in einem zerflossenen Gesicht, der Rest geschmolzen und wieder erstarrt und einen verkohlten menschlichen Leichnam umhüllend. Ein Medo hatte Leben zu schützen, doch bei Katastrophen wie dieser versagte die beste Technik.

Die Lippen fest aufeinandergepreßt verfolgte Tarni, wie die beiden unlösbar miteinander verbundenen Torsi in der Unendlichkeit verschwanden. Chaos, wohin sie blickte, als hätte es den Traum von einer besseren Zukunft nie gegeben.

Die Scheinwerfer erfaßten den ersten weitgehend heil gebliebenen Korridor. Der Pilot aktivierte sein Flugaggregat, um schneller voranzukommen. Maggas folgte ihm dichtauf.

Tarni hatte es längst nicht so eilig. Inzwischen hatte sie gelernt, die Magnetsohlen ihres Raumanzugs effektiv einzusetzen. Sie hatte nur noch Augen für die Kryogentanks. Viele der wabenförmigen Behälter waren aus den Verankerungen gerissen worden und lagen wirr verstreut. Die in ihnen gefangenen Schläfer hatten keine Chance gehabt.

»Sei ihnen gnädig, Herr«, murmelte Tarni. Trotz der auf Vollast laufenden Heizung fror sie plötzlich. Es war eine innere Kälte, die sie zittern ließ, aus Unsicherheit und Panik heraus in dem Moment geboren, in dem sie die Aufschrift auf einem der Tanks gelesen hatte: 2718.

Laß Amica noch am Leben sein!

Bitte!

Irgend etwas tief in ihr wollte sie zwingen, sich umzudrehen und wegzulaufen, das Unvermeidliche nicht wahrzuhaben und die Hoffnung nicht auf dem Altar des Schreckens zu opfern. Aber dann hätte sie sich wie eine Verräterin gefühlt.

Sie fand den Kryogentank mit der Nummer 2777. Unbeschädigt hing er in den Halterungen, sämtliche Versorgungsleitungen wirkten intakt.

Der Deckel war kaum beschlagen. Tarni mußte sich an den Halterungen hochziehen, um hineinschauen zu können.

Ihre Mutter schien friedlich zu schlafen. Trotz aller Schicksalsschläge war sie immer noch schön.

»Amica«, murmelte Tarni. »Alles wird gut werden. Wir finden eine neue Zeit und ein neues Leben.«

Erst in dem Moment bemerkte sie die Unregelmäßigkeit. Was sie zunächst für eine Lichtbrechung gehalten hatte, entpuppte sich bei näherem Hinsehen als massiver Eisblock. Das Eis umschloß Amica wie ein massiver Panzer. Sie würde nie wieder aufwachen.

Als Tarni sich erschüttert abwandte, hatte sie nicht einmal mehr Tränen.

3.

»*Wenn du glaubst, daß der Kummer dich auffrißt, wenn du das Gefühl hast, am Ende deines Weges angelangt zu sein, dann versuch all das Schlimme zu unterdrücken und identifiziere dich mit deiner täglichen Arbeit. Setze dir Ziele, arbeite intensiv an ihrer Erfüllung, aber hüte dich vor Langeweile oder Müßiggang. Je mehr Zeit du hast, über die Vergangenheit nachzudenken, desto quälender werden deine Probleme.*

Ich kann mich noch gut an diese Worte meiner Mutter erinnern, an die Eindringlichkeit ihrer Mahnung. Acht Jahre war ich alt, als sie sich in ihrer Sehnsucht nach Dad fast verzehrt hätte.

Die Sterne haben dich geholt, Quando Perst. Doch ich gebe die Hoffnung nicht auf, dich eines Tages wiederzusehen. Reginald Bull ist bei dir, Perry Rhodan und die anderen Unsterblichen sind in deiner Nähe. Obwohl es heißt, daß eure Schiffe nach dem Transfer von Hangay vernichtet wurden, ich glaube nicht daran. Wie oft schon haben Rhodan und seine Gefährten als tot gegolten, aber immer wieder haben sie das unmöglich Scheinende geschafft und sind zurückgekehrt. Ich weiß, daß sie auch diesmal überlebt haben; ich warte auf ihre und deine Rückkehr, Quando.

Und nun ist Mutter tot. Wie schön wäre es gewesen, Amica, hätte sich dein letzter Wunsch erfüllt. Vielleicht ... Nein, alles Wenn und Aber bringt uns jetzt nicht weiter. Der Frachter ist ein Wrack und zum Untergang verurteilt.

Torne Maggas und Helge Sommer haben einen Notruf abgesetzt, aber die Wiederholung brach nach zwölf Minuten ab. Danach waren die Speicherenergien der Funkstation erschöpft. Das war gestern gewesen. Eine Antwort wurde während der kurzen Zeitspanne nicht empfangen. Uns bleibt nur die Hoffnung, daß der unkodierte Hilferuf empfangen wurde, andernfalls wäre unser Schicksal besiegelt.

Ich erwähne das der Vollständigkeit halber. Maggas und Sommer und einige Dutzend Helfer sind inzwischen verzweifelt bemüht, die Wiederaufbereitungsanlagen in Schwung zu bringen. Auch die Lufterneuerung zeigt erste Teilausfälle. Und stündlich wachen weitere Schläfer auf; sie alle haben Hunger und Durst und müssen atmen. Mittlerweile sind wir über dreihundert Personen. So glücklich wir darüber sind, so große Gefahr verbirgt sich doch dahinter. Torne Maggas hat errechnet, daß – eine gleichbleibende Reanimation der Schläfer vorausgesetzt – in spätestens neun Tagen die Katastrophe perfekt sein wird.

Alle eingelagerten Nahrungsmittel sind ungenießbar. Offensichtlich unter Bakterieneinwirkung haben sie sich in eine undefinierbare Masse verwandelt. Maggas hat die betreffenden Räume sofort von der Luftumwälzung abgekoppelt und versiegelt. Weil wir nicht wissen, ob oder wie die Mikroorganismen auch lebende Zellen angreifen. Es wäre Horror, plötzlich Hunderten von Kranken gegenüberzustehen.

Aufzeichnung Tarni Perst, der 6. Tag. Immer noch habe ich keine Ahnung, welches Datum wir schreiben.«

Das Bild auf dem Monitor, das die Sternenvielfalt der Milchstraße wiedergab, hatte zu flackern begonnen. Sekunden später erlosch die Beleuchtung innerhalb der Zentrale, und diesmal verging beinahe eine Stunde, bis das Reparaturteam unter Helge Sommers Leitung den Fehler gefunden und beseitigt hatte.

Die Ausfälle häuften sich, alle Reparaturversuche muteten wie Flickwerk an. Für jeden beseitigten Schaden traten zwei neue auf. Tarni Perst fühlte sich wie im Kampf gegen eine vielköpfige Hydra, nur war an Bord des Frachters alles so furchtbar nüchtern. Blanker Stahl, kaum Bequemlichkeit. Die wenigen Kojen waren längst belegt. Die Menschen lagen in den Korridoren, und wer nicht über eine technische Ausbildung verfügte, döste nur in den Tag hinein.

Wer ruhte, verbrauchte weniger Sauerstoff und wurde nicht so schnell hungrig. Und Hunger und Durst machten aggressiv. Daran dachte Tarni, als sie von ihrem letzten Konzentratriegel abbiß, der aus den Vorräten in den Raumanzügen stammte. Das Zeug schmeckte gräßlich trocken und entzog ihr den letzten Speichel, aber es sättigte.

»Wie ist das Bild jetzt?« frage Helge Sommer von der anderen Seite der Zentrale her. Er hantierte an Teilen der freigelegten Positronik.

»Miserabel«, antwortete Tarni wahrheitsgemäß. Sie glaubte nicht, daß die Außenoptiken helfen würden, ein nahes Sonnensystem aufzuspüren. Und selbst wenn, die Triebwerkssteuerung machte noch weit größere Probleme. Aber das hatte der Pilot ihr nur unter vier Augen verraten.

Tarni warf einen Blick in die Runde. So viele Menschen wie momentan hatten die Zentrale des Frachters wohl noch nie bevölkert. Überwiegend Frauen und Kinder suchten die ›wohlige‹ Wärme, sie schliefen in den Kontursesseln oder hatten sich am Boden ausgestreckt. Die Luft war dementsprechend schal, doch die Temperatur lag bei knapp fünfzehn Grad Celsius; in den anderen Räumen des Schiffes reichte sie längst nicht an diesen Wert heran.

Ein Linienmuster, die Teilwiedergabe eines Ortungsbildes, erschien auf dem Schirm.

»Du schaffst es, Helge!« rief Tarni.

Sie spürte ein Zupfen an ihrem Overall. Ein Kind stand neben ihr, schätzungsweise fünf, sechs Jahre alt, mit bläßlichem, eingefallenem Gesicht, aber leuchtenden Augen. Stumm faßte es nach Tarnis Hand.

Ein rascher Seitenblick auf den Bildschirm, das Gittermuster stabilisierte sich, dann ging Tarni vor dem Kind in die Hocke.

»Was möchtest du?« fragte sie sanft.

Der Blick des Mädchens fixierte ihre linke Hand. Leicht leckte es sich über die aufgesprungenen Lippen.

»Du möchtest den Konzentratriegel?«

Ein scheues Nicken. Aber dann, als Tarni ihr den Rest des Riegels hinhielt, griff die Kleine blitzschnell zu und stopfte sich alles in den Mund.

»Nicht auf einmal!« Tarnis Mahnung kam viel zu spät. Da hatte das Mädchen sich schon losgerissen und rannte davon. Augenblicke später war ein ersticktes Husten zu vernehmen.

Auf dem Schirm zeichnete sich ein undeutlicher Reflex ab.

»Da ist etwas!« rief Helge Sommer. »Ich weiß nicht, was es ist, aber es bewegt sich.« Der Pilot betrachtete die Wiedergabe.

»Und?« wollte Tarni wissen, als er ihrer Meinung nach viel zu lange schwieg.

»Die Auflösung ist miserabel«, sagte Sommer. »Trotzdem könnte es sich um ein Raumschiff handeln. Es liegt auf Kollisonskurs.«

»Ein großes Schiff?«

»Ich glaube nicht.«

Der verwaschene Ortungsreflex verschwand.

»Vielleicht ist es in den Linearflug übergegangen.«

Wenn wirklich Rettung nahte, würde der Kontakt in Kürze erfolgen.

Das Schiff war nur wenige Lichtjahre entfernt gewesen – eine lächerliche Distanz und im überlichtschnellen Flug innerhalb kurzer Zeit zu überbrücken.

Tarni starrte auf den Bildschirm, die Hände verkrampft und die Fingernägel stachen schmerzhaft in die Handballen. Im Hintergrund der Zentrale schluchzte ein Kind, ansonsten war es still geworden.

Viel zu lange schon …

Tarni hob den Kopf, sie suchte Sommers Blick, doch der Pilot hantierte immer noch an bloßliegenden Schaltungen. Schlieren huschten über den Bildschirm und zerplatzten am Rand des Gittermusters, das die Koordinatenachsen spiegelte, danach wirkte das Gitter verzerrt und lief strahlenförmig auseinander.

»Extremer Nahbereich«, erklärte Sommer.

»Sie müssen uns finden!« stieß jemand abgehackt hervor. »Das darf doch nicht wahr sein, daß sie uns einfach übersehen.«

Inzwischen waren die noch genießbaren Nahrungsmittel aufgebraucht, das aus der Wiederaufbereitung gewonnene Trinkwasser reichte bei weitem nicht aus, um alle zu versorgen, und die Atemluft schmeckte ölig schal, weil die Filtersysteme nicht mehr arbeiteten. Gestern hatten Sommer und Maggas versucht, die Luftumwälzung zu regenerieren, hatten aber vor den ausgedehnten Bakterienkolonien in den Filtern resignieren müssen. Die innere Leere, die Tarni spürte, wuchs mit jeder Stunde, die im alten Trott verstrich – wie ein gewaltiges Schwarzes Loch, das alle Hoffnungen in sich aufsaugte und sich immer schneller ausdehnte. Vielleicht, durchzuckte es sie siedendheiß, vielleicht werden wir bald alle beneiden, die in den Tanks gestorben sind.

»Sie sind da!« schrie Helge Sommer in dem Moment. »Sie sind wirklich gekommen.«

Wie eine mächtige Brandungswelle schlug der Jubel über Tarni zusammen und riß sie mit sich. Eben noch bis zum Äußersten angespannt, reagierte ihr Körper mit erlösender Schwäche, doch verbissen kämpfte sie gegen das schwammige Gefühl in den Beinen an, und schon Sekunden später fand sie an der Konsole Halt. Hinter ihr drängten aufgekratzte Menschen, die alle einen Blick auf die Ortung erhaschen wollten.

»Wir haben es geschafft!« verkündete der Pilot. »Das Schiff dort draußen ... es ist eine große Space-Jet.« Das Vibrieren seiner Stimme verriet Erleichterung; auch ihm war eine schwere Last vom Herzen gefallen.

Jemand klatschte hektisch. Andere fielen ein, und gleich darauf hallte die Zentrale wider von einem aufbrandenden Beifallssturm. Es gab niemanden, der seinen Gefühlen nicht freien Lauf ließ.

Tarni Perst wischte sich die Tränen aus den Augenwinkeln. Alle Schläfer an Bord des Frachters waren vor einer beängstigenden Entwicklung geflohen, vor Terror und Krieg, sie hatten ihren Besitz zurückgelassen oder verkauft, hatten menschliche Brücken abgebrochen und ihre Hoffnung allein einer besseren Zukunft gewidmet. Viele waren entgegen der offiziellen Verlautbarung der Meinung gewesen, daß Perry Rhodan noch lebte, daß er und seine Gefährten in die Milchstraße zurückkehren und die desolaten Zustände zum Guten wenden würden.

Hatte die Space-Jet schon angedockt? Schlimmer als alle Ungewißheit war es, hilflos auf die Initiative anderer warten zu müssen. Hatte die Besatzung der Space-Jet schon versucht, Funkkontakt zu erhalten?

Kommt schon! dachte Tarni intensiv, beinahe flehentlich. *Spürt ihr denn nicht, daß hier Menschen sehnsüchtig auf euch warten?*

Sie glaubte nicht mehr daran, daß sie nur wenige Jahre oder Jahrzehnte geschlafen hatte. Nicht mehr angesichts der desolaten Zustände an Bord des Frachters und schon gar nicht angesichts der vielen Toten, die ihre Reanimation nicht überstanden hatten. Hundert Jahre waren mindestens vergangen. Ein Menschenalter.

»Die Raumanzüge!« entfuhr es Tarni unvermittelt. »Weshalb benutzen wir nicht den Helmfunk?«

Der Pilot blickte sie entgeistert an, dann schlug er sich mit der flachen Hand vor die Stirn.

Bis Tarni ihn erreichte, hatte er schon einen der schweren Raumanzüge von der Magnethalterung gezerrt. Sie half ihm, den Anzug anzulegen. Sommer schaltete auf Außenlautsprecher.

»Ich rufe die Space-Jet. Hört ihr mich?«

Keine Antwort, nur ein schwaches statisches Rauschen im Empfang. Tarni Perst biß sich die Unterlippe blutig. Konnte es sein, daß die Space-Jet nicht mit Angehörigen eines galaktischen Volkes bemannt war? Sie dachte an die Hauri, die nach dem Transfer Hangays in die Milchstraße eingefallen waren.

Was, wenn wir an Bord des Frachters die letzten Menschen sind? Da war es wieder, das Gefühl grenzenloser Einsamkeit, das aller Vernunft Hohn sprach. Tarni konnte es nicht einfach beiseite schieben.

»… identifiziert euch!« Endlich die ersehnte Stimme, leise zwar, aber sie benutzte das vertraute Interkosmo.

»Hier ist die PEACE-LOVING II, ein Schiff der Aktion L.I.E.B.E. Mittlerweile wurden rund siebenhundert Personen aufgeweckt, aber noch mehrere tausend liegen im Tiefschlaf. Wir …«

»Sagtest du Tiefschlaf?«

»Ja. Wir …« Wieder konnte Sommer nicht ausreden.

»Ich entsinne mich dunkel, daß ich davon gehört habe. Etliche zehntausend Menschen ließen sich damals einfrieren. Wohl in der Hoffnung auf eine bessere Zukunft.«

Jedes Wort war wie ein Stich ins Herz. Der Mann *entsann sich dunkel* und sprach von *damals*. »Frage ihn nach dem Jahr!« drängte Tarni.

Aber Sommer schwieg und ließ den anderen reden.

»Wir haben euren verstümmelten Notruf empfangen. Wieso wurdet ihr aus dem Tiefschlaf geweckt?«

Da war es wieder, das alles verschlingende Schwarze Loch. *Wieso?* Allein dieses Wort ließ Tarnis Hoffnungen wie schillernde Seifenblasen zerplatzen. Zurück blieb eine schmerzhafte Ernüchterung.

»Sind wir zu früh dran?« fragte Sommer stockend.

»Alles ist relativ«, lautete die ausweichende Antwort. »Wir kommen an Bord.«

Der durchtrainiert wirkende junge Mann mit dem kurzgeschnittenen Haar und den wasserhellen Augen war Tarni Perst auf Anhieb sympathisch. Vor allem seine Augen hatten es ihr angetan; obwohl sie unaufhörlich lächelten, schien ihnen nichts zu entgehen. Tarni vermutete, daß der Mann wie sie anfang Dreißig war.

Ihr taxierender Blick war ihm keineswegs entgangen. Impulsiv streckte er Tarni die Hand hin. »William ist mein Name«, sagte er, ohne länger auf seine beiden Begleiter zu achten, die inzwischen heftig gestikulierend auf Sommer, Maggas und einige andere einredeten, »William Ada.«

Zwischen Ungeduld und Neugierde schwankend, erwiderte Tarni seinen Händedruck ein klein wenig länger als nötig. Ada strahlte eine ungewohnte Wärme und Herzlichkeit aus.

»Ich bin Tarni Perst«, sagte sie, »und ich platze fast vor Neugierde: Was ist los in der Milchstraße, welches Jahr schreiben wir, ist wieder Friede eingekehrt?«

Das waren nur einige der Fragen, die ihr auf den Lippen brannten. Adas Blick wurde vorübergehend ernst.

»Wenn ich es recht sehe«, meinte er, »seid ihr Schläfer vom Regen in die Traufe gekommen.«

»Bitte?« Tarni verstand nicht.

»Ein altes terranisches Sprichwort. Es bedeutet ungefähr, daß man vor einem Wolkenbruch ins vermeintlich Trockene flieht, aber trotzdem klatschnaß wird.«

»Also immer noch Krieg?«

Das Lächeln verschwand endgültig aus Adas Augen, es wich einem Ausdruck tief empfundener Besorgnis.

»Vor über hundert Jahren wurde die Milchtraße vom übrigen Universum abgeriegelt. Raumer, deren Besatzungen den Durchbruch versucht haben, wurden entweder vernichtet oder gelten seitdem als verschollen – und von außerhalb empfangen wir nicht einmal mehr Funksprüche. Wir schreiben das Jahr 614 NGZ, die Galaktiker unterliegen der Willkür fremder Machthaber, Terra gilt als verlorene Welt ...«

Tarni brummte der Schädel. Einhundertachtunddreißig Jahre lang hatte sie im Tiefschlaf gelegen – einhundertachtunddreißig verlorene Jahre, wenn sich seitdem nichts zum Guten verändert hatte.

»Ist die Tarkan-Expedition zurückgekehrt?« fragte sie tonlos. Sie mußte erfahren, was aus Quando Perst geworden war, das schuldete sie nicht nur dem Andenken ihrer Mutter, sondern auch sich selbst. In einer Zeit, in der Menschlichkeit zunehmend rar geworden war, drängte alles in ihr danach, eines Tages wenigstens das Grab ihres Vaters zu sehen und nach altem terranischem Brauch einen Strauß Blumen niederzulegen.

»Wieso interessierst du dich für die Tarkan-Expedition?« wollte Ada wissen. »Das ist lange her.« Er hatte den Satz kaum zu Ende gebracht, da schüttelte er schon den Kopf. »Das war dumm von mir«, gestand er ein. »Ich vergaß, daß du ...«

»Ein Fossil bist?« platzte Tarni heraus. »Siehst du mich so? Und die anderen auch? Ich wurde im Jahr 444 NGZ geboren.«

»Fossilien haben einen besonderen Reiz«, bekannte Ada lässig. »Aber darüber können wir später reden. Wichtig ist in erster Linie eure Sicherheit. Falls die Cantaro den Notruf ebenfalls empfangen haben, werden sie bald erscheinen.«

»Unmöglich!« platzte in dem Moment Helge Sommer laut heraus. »Die noch vorhandene Speicherenergie wird für die Kryogentanks benötigt. Außerdem haben wir keine Chance, aus eigener Kraft in den Linearflug zu gehen, die Positronik befindet sich in absolut desolatem Zustand.«

»Dann muß das Schiff evakuiert werden.«

»In den Tanks schlafen noch einige tausend Menschen«, protestierte Sommer. »Wir wissen nicht, nach welchen Kriterien sie geweckt werden ...«

Ada vollführte eine heftige Handbewegung. »Man sagt, daß der Tod angenehmer sei, als den Cantaro in die Hände zu fallen. In euren Ohren mag es wie eine Verhöhnung des Lebens klingen, aber wir haben gelernt, so zu handeln.«

»Wer ist *wir?*« hakte Tarni ein.

Ada zögerte kurz, ehe er die Antwort gab. »Nicht alle Galaktiker haben sich mit Unterdrückung und Willkür abgefunden, wenngleich die Mehrheit es vorzieht, sich stillschweigend zu arrangieren. Wer die Wahl hat zwischen Knechtschaft und dem sicheren Tod, der überlegt in der Regel nicht lange.«

»... er paßt sich an«, bemerkte Tarni spitz, »und tritt die Flucht nach vorne an.«

Ada zog die Mundwinkel nach unten. »Ihr Schläfer habt ebenfalls eine Art von Flucht angetreten und euch auf diese Weise eurer Verantwortung entzogen.«

»Das geschah unter dem Eindruck der Kriege und vieler vernichteter Siedlungswelten. Was hätten wir tun sollen: mit bloßen Fäusten gegen die Invasoren kämpfen?«

»Vielleicht wäre das besser gewesen.«

Tarni Perst winkte heftig ab. »Ich habe jene Zeit selbst erlebt, wenn ich auch anfangs noch zu jung war, die schrecklichen Ereignisse wirklich zu erfassen.« Sie stockte, wischte sich mit dem Handrücken über die Augen und fuhr trotzig fort: »449 erschienen in der Milchstraße die ersten Hauri, deren Flotten in blinder Zerstörungswut alles niedermachten, was sich ihnen in den Weg stellte. Erstmals drei Jahre später wurde im Raumsektor von Siga eine Hauri-Flotte nahezu aufgerieben, doch die versprengten Schiffe sammelten sich, fielen über die Kolonialwelt Ermindor her und hinterließen ein fürchterliches Blutbad. Ich war damals acht Jahre alt, meine

Mutter konnte mit mir in letzter Minute von Ermindor fliehen. Abermals drei Jahre später wurde eine arkonidische Welt im Kugelsternhaufen M 13 von Unbekannten vernichtet. In der Folge wurden jene Fremden als ›Blitzer‹ bezeichnet, weil sie gut ein Dutzend Planeten wie durch Blitzschlag vernichteten.«

»Das waren die Cantaro«, seufzte William Ada. »Ich kenne die Geschichte des Hundertjährigen Krieges, obwohl vieles verfälscht überliefert wurde und die politische Wahrheit vielleicht nie offenbar wird. Du weißt sicher …«

»Wir vergeuden kostbare Zeit, William«, mischte sich einer seiner Begleiter ein, der sich bis eben anhand von Sommers und Maggas' Angaben über den desolaten Zustand des Frachters informiert hatte. »Eine Evakuierung erscheint unumgänglich, und je eher wir diese Position verlassen, desto besser für alle Beteiligten.«

Ada nickte knapp. »Ich habe keine Einwände, Merlin. Laß einen Energietunnel aufbauen, durch den unsere Gäste das Wrack verlassen können. Es wird ziemlich eng werden, aber annähernd dreihundert Lichtjahre kann man auch schon mal im Stehen und in Tuchfühlung mit seinem Nachbarn überbrücken.«

»Wohin bringt ihr uns?« fragte Tarni.

»Ein unbedeutender Planet, der euch bestimmt gefallen wird. Wir unterhalten dort einen kleinen Stützpunkt. Zu deiner Zeit«, ein verlegenes Lächeln erschien um seine Mundwinkel und er kratzte sich nachdenklich das Kinn, »ich meine, um 440 NGZ, sollte dort ein Hanse-Kontor errichtet werden. Mehr als einige unterirdische Anlagen wurden zwar nie gebaut, doch für unsere Zwecke haben sie sich als ideal erwiesen.«

»Wer ist *wir?*« fragte Maggas interessiert.

»Eine Widerstandsorganisation, die sich WIDDER nennt und seit beinahe achtzig Jahren gegen die fremden Machthaber kämpft.« Ada hob die Stimme und blickte auffordernd in die Runde. »Neue Mitstreiter sind uns jederzeit willkommen.«

»Wir sind für eure Hilfe dankbar«, wehrte Tarni ab, »aber wir müssen uns in der neuen Zeit erst zurechtfinden, ehe wir weitreichende Entscheidungen treffen.«

Ada nickte verstehend. »Ein gebranntes Kind scheut das Feuer«, murmelte er.

»Laß uns Zeit, alles Neue zu verarbeiten. Die Welt wurde auch nicht in einem Tag erschaffen.«

Ada griff nach ihrer Hand und drückte sie fest. Seltsamerweise entzog Tarni sich ihm nicht, obwohl er ihr Zusammenzucken deutlich spürte.

»Ich bin sicher, du wirst die richtige Entscheidung treffen«, sagte er leise. »Ich würde mich freuen.«

»Du wolltest noch etwas über die Cantaro sagen«, murmelte Tarni ausweichend.

Er stutzte, hatte dann aber rasch den Faden wiedergefunden.

»Du weißt sicher, daß die Cantaro von den Galaktikern unmißverständlich verlangt hatten, entweder innerhalb eines Jahrzehnts in der Milchstraße für Ruhe und Ordnung zu sorgen, oder sie selbst würden die Organisation des Friedens einleiten. Im Jahr 470 verschwanden die Droiden dann scheinbar spurlos, nachdem sie ein neues Ultimatum gestellt hatten. Zwanzig Jahre blieben die Cantaro fort, aber während dieser Zeit mehrten sich die Überfälle der ›Blitzer‹ auf besiedelte Welten. Letztlich zweifelte kaum noch jemand daran, daß Cantaro und ›Blitzer‹ identisch waren, und obwohl in den Achtzigern die Unruhe in der Galaxis nachließ, haben die raumfahrenden Völker seither nicht mehr ihre frühere Bedeutung zurückgewonnen. Die Cantaro wurden zur Geißel unserer Milchstraße und unterdrückten jede Initiative. Aus dem Untergrund heraus versuchen wir Widder, ihre Herrschaft zu brechen.«

»Es ist das Vorrecht der Jugend, den Mund immer ein wenig zu voll zu nehmen«, warf Merlin ein. Sein Alter war schwer zu schätzen, auf jeden Fall näherte er sich mit Riesenschritten der Hundert. Wind und Wetter hatten seine Haut gegerbt, viele Sorgenfalten wirkten wie in Stein gemeißelt, und darüber hinaus hatte ihm ein Strahlschuß die linke Stirnhälfte verbrannt. Die Wunde war nicht eben kunstvoll mit plastischer Chirurgie kaschiert worden.

Von der Space-Jet kam die Mitteilung, daß alle Vorbereitungen abgeschlossen waren. Helge Sommer schaffte sogar das Kunststück, das diskusförmige Raumschiff und den energetischen Verbindungstunnel auf einen der größeren Bildschirme zu zaubern.

Kaum mehr als zwanzig Meter trennten den Frachter und die Space-Jet voneinander, und der halbtransparente pulsierende Schlauch zwischen ihnen erinnerte Tarni an die Nabelschnur eines Neugeborenen. In der Tat bedeutete der Tunnel für die Schläfer auf gewisse Weise auch eine Neugeburt.

»William, Siegfried«, sagte Merlin, der soeben eine knappe Nachricht über Minikom erhalten hatte, »wir müssen schnell auf die RESISTANCE zurück. Hank meint, daß er jede Hand benötigt, um unsere Gäste einzuweisen.«

»Wie groß ist die Besatzung der Jet?« fragte Maggas prompt.

»Fünf Mann«, antwortete Ada und hob demonstrativ die Linke. »Schon deshalb freuen wir uns über jeden, der sich uns anschließt.« Er wandte sich an Tarni: »Kommst du gleich mit?«

Einen Moment lang war die Frau wirklich versucht, der bedrückenden Atmosphäre des Frachters sofort zu entfliehen. Aber dann schüttelte sie den Kopf. »Später«, sagte sie, »wenn alle drüben sind. Oder vielleicht sogar erst bei eurem nächsten Flug. Einer muß ja die Schläfer informieren, die noch aufwachen.«

Auf dem Bildschirm erschienen die ersten schemenhaften Gestalten, die sich schwerelos durch den Tunnel bewegten.

»Noch überwiegt die Freude über unsere Rettung«, sagte Maggas eindringlich. »Aber bald werden wir erkennen, daß wir in jeder Hinsicht verloren haben. Wir sind mittellos, Tarni, in einer Zeit, die allen Hoffnungen zum Trotz nicht mehr die unsere ist, in der Freunde und Verwandte nicht mehr leben und unsere Heimatwelten sich vermutlich erschreckend verändert haben. Und der Frieden, nach dem wir uns gesehnt haben, scheint weiter entfernt zu sein als jemals zuvor. Das sind keine guten Voraussetzungen, Tarni, um neue Existenzen aufzubauen.«

»Das klingt, als hättest du resigniert, Torne.«

»Ich habe nur angefangen, wirklich nachzudenken. Wir alle, die wir unser Schicksal den Kryogentanks anvertraut haben, haben uns von schönen Worten blenden lassen. Von Versprechungen, die verheißungsvoll klangen.«

Tarni kaute nervös auf ihrer Unterlippe. Sie schwieg dazu – weil Maggas recht hatte. Verdammt, ja, alles verhielt sich so, wie er es sagte.

Beginnend mit der großen Katastrophe im Jahr 448 NGZ hatte die Lage in der Milchstraße sich mit jedem Jahr weiter zugespitzt. Von außen war der Krieg in das Galaktikum hineingetragen worden, von Hauri und anderen Völkern, und schon die ersten Funken hatten genügt, einen verzehrenden Flächenbrand auszulösen.

Tarni hatte die Schrecken des Krieges am eigenen Leib verspürt. Noch heute wurde sie von Alpträumen gequält, aus denen sie schweißgebadet und zitternd aufschreckte. Und manchmal schrie sie, schrie ihre Furcht und ihr Entsetzen laut hinaus. Aber die Verantwortlichen für alle Not und das entsetzliche Leiden intelligenter Wesen hörten sie nicht – für sie existierte keine Tarni Perst.

War es ein Wunder gewesen, daß in einer solchen Zeit des Umbruchs und Niedergangs Heilsverkünder und Sekten wie Pilze aus dem Boden geschossen waren?

»Wie Rattenfänger«, murmelte Tarni.

»Bitte?« fragte Maggas, der nicht verstanden hatte.

Die Frau fuhr sich mit beiden Händen übers Gesicht. Ein tiefer Atemzug klärte ihre Gedanken ein klein wenig.

»Nichts«, erwiderte sie. »Ich habe nur zu laut gedacht.« Sie verschränkte die Hände und stützte das Kinn auf beiden Daumen ab. Geflissentlich vermied sie es, Maggas anzuschauen, und starrte statt dessen unverwandt auf den Bildschirm. Der Strom der Menschen, die zur RESISTANCE hinüber schwebten, schien nicht abreißen zu wollen. WIDERSTAND – wahrscheinlich der treffendste Name, den die Widder ihrem Schiff hatten geben können.

Als wäre es erst gestern gewesen, entsann Tarni sich des Jahres 476. *Es war beinahe gestern gewesen, denn dazwischen lagen nur ein tiefer und traumloser Schlaf und die wenigen Tage nach dem Aufwachen.*

Zum wiederholten Mal war die Hoffnung enttäuscht worden, auf einer Siedlungswelt eine neue Heimat zu finden. Nach zweieinhalb Jahren mühsamen Aufbaus hatte ein Überfall marodierender Truppen alles wieder zunichte gemacht. Nur das nackte Leben und einige tausend Galax in Form olympischer Kreditbriefe hatten Mutter und sie gerettet.

»Wir fangen nicht noch einmal an – nicht in dieser Zeit.« Das waren Amicas Worte gewesen, Tarni hörte sie noch immer in sich nachklingen. Und Mutter hatte dann auch den Kontakt zu den *Kindern des Friedens* geknüpft, einer der vielen Sekten, die den baldigen Untergang aller Zivilisationen voraussagten.

Im Gegensatz zu anderen Gruppierungen verteufelten die *Kinder des Friedens* aber nicht die Technik und predigten nicht die Entsagung von der Raumfahrt, sondern sie machten sich eben diese Technik nutzbar und verkündeten, daß nur derjenige das Heil erlangen würde, der sich für die nächsten Jahrhunderte einfrieren ließ, um in einer besseren Epoche wieder aufzuwachen.

Billig wir das ›Vergnügen‹ weiß Gott nicht gewesen. Tarni hatte alle Hebel in Bewegung gesetzt, um das erforderliche Kapital zu beschaffen. Daß dies keineswegs auf legale Weise möglich gewesen war, hatte ihrem Eifer keinen Abbruch getan; sie war damals besessen gewesen von der Idee, nach einer mehr oder weniger langen Zeit im Tiefschlaf zwar noch nicht das Paradies, aber doch eine Welt des Friedens vorzufinden. Selbst daß die Schläfer an Bord altertümlicher Raumschiffe, umgebauter Frachter sogar, auf die Reise geschickt werden sollten, hatte sie damals nicht abschrecken können. Heute sah sie manches anders; heute glaubte sie, daß es den *Kindern des Friedens* am ehesten um ihr eigenes materielles Heil gegangen war.

»Der Andrang läßt nach.« Torne Maggas deutete auf die Bildwiedergabe.

»Ich bleibe hier«, entschied Tarni endgültig.

»Unsinn«, widersprach Sommer, der soeben von der Schleuse kam und den letzten Satz mitgehört hatte. »Auf der Space-Jet warten sie auf dich, und Torne und ich, wir schmeißen den Laden auch allein. Einen oder zwei Tage, länger wird es wohl kaum dauern, bis wir ebenfalls abgeholt werden.«

»Eben«, beharrte Tarni. »Solange Mutter in ihrem Tank liegt, bleibe ich an Bord.«

»Deine Mutter ist tot«, sagte Maggas verwirrt.

Tarnis Stimme vibrierte leicht, als sie antwortete: »Amica bat mich, sie in der Erde eines Planeten zu begraben, von einer Beisetzung im Weltraum wollte sie nichts wissen. Das war, nachdem wir unsere Passage bezahlt hatten. Heute glaube ich, daß sie geahnt hat, was geschehen würde, aber sie wollte mich in meinem Eifer nicht enttäuschen.«

Ein durchdringender Summton erklang. Tarni und Maggas starrten den Piloten an, der plötzlich grinste und den linken Arm anwinkelte.

»Ein Minikom«, sagte er. »Ohne funktionierende Technik fühle ich mich nackt. Das Gerät haben mir die Männer der RESISTANCE gegeben.« Aus einer der Taschen seines Overalls zog er ein zweites Armband hervor und präsentierte es freudestrahlend.

Der Summton wiederholte sich. Sommer warf Tarni das zweite Gerät zu, bevor er den Anruf entgegennahm.

»Sie will nicht, Freunde, sie bleibt lieber bei uns als auf eurer überfüllten Konservendose mitzuflie...«

»Halt die Luft an!« erklang eine sich überschlagende Stimme. »Wenn ihr nicht in zwanzig Sekunden an Bord seid, fliegen wir ohne euch ab.«

»Was ist los?«

»Ein Schiff ist eben materialisiert und liegt auf Kollisionskurs.«

»Cantaro?«

»Ich weiß es nicht. Vielleicht ... bei allen Teufeln der Galaxis ...« Die Stimme verlor an Intensität, wurde von Störgeräuschen überlagert, schwoll noch einmal an.

»Lauft!« brüllte der Pilot.

»Zu spät!« sagte Tarni Perst gleichzeitig.

Der Verbindungstunnel zur RESISTENCE war in zuckende Bewegung geraten. An mehreren Stellen bildeten sich Einschnürungen, während der Rest des Gebildes sich aufblähte, die Wandung dünner wurde und innerhalb von Sekundenbruchteilen in einer flirrenden Leuchterscheinung verwehte.

Bedrohlich schob sich ein fremdes Raumschiff in den Erfassungsbereich der Optik, während die Space-Jet mit wahnwitzigen Beschleunigungswerten ihr Heil in der Flucht suchte. Zwei Strahlschüsse verfehlten die RESISTANCE um Haaresbreite.

»Scheiße«, sagte Torne Maggas inbrünstig. »Das kann ja heiter werden.«

»Was können die schon von uns wollen?« fragte Tarni. »Wir werden verhört und wieder laufengelassen. – Oder etwa nicht?« fügte sie mit einem Seitenblick auf Sommers skeptische Miene hinzu. »Ich meine, was wissen wir denn schon? Wir sind nichts und haben nichts.«

Das fremde Schiff schob sich längsseits. Auf den ersten Blick erinnerte es an einen riesigen kupferroten Grashüpfer mit Antennenfühler beidseits des vorgewölbten Schädels und einem sprungbereit gebogenen Rücken. Aus dem Schiffsbauch stach eine Transportvorrichtung weit nach unten.

»Cantaro«, stöhnte Tarni Perst. Zweimal hatte sie in der Vergangenheit solche Schiffe gesehen. Zuerst, als die Hauri Ermindor vernichtet hatten, damals hatten die Optiken des fliehenden Siedlerraumers ein solches rotes Buckelschiff erfaßt, das sich aber abwartend verhalten und nach kurzer

Zeit verschwunden war – zum zweitenmal vor der Vernichtung einer Agrarwelt durch den ›Blitz‹.

»Ein Königreich für einen Impulsstrahler«, seufzte Maggas.

»Willst du Salut schießen?« knurrte Sommer gereizt. »Dann kannst du ebensogut ohne Raumanzug durch die nächste Schleuse gehen.«

Tarni Perst schwieg dazu. Was hätte sie auch sagen sollen? Keiner von ihnen hatte je einem Cantaro gegenübergestanden. Vielleicht waren sie, der Form ihrer Schiffe nach zu schließen, insektoid.

Sie ließ sich in den nächsten Kontursessel sinken und lehnte sich zurück. Vorübergehend schloß sie die Augen und genoß die Ruhe. Bis der Pilot sagte: »Deine Nerven möchte ich haben. Bist du wirklich so abgebrüht, oder …?«

Tarni schnaufte tief durch, ihre Finger verkrallten sich in die Armlehnen. »Ich versuche nur, die Dinge so zu sehen, wie sie sind. Ob wir die Cantaro in einem der Laderäume erwarten oder in der Zentrale, ist egal. Außerdem: Was haben wir zu verlieren? Nach Jahren gerechnet müßten wir längst tot sein.«

»Ich fühle mich noch recht lebendig«, meinte Sommer. »Und ich hoffe, daß sich daran in den nächsten Jahren nichts ändert.«

Tarni schloß wieder die Augen. Sie empfand keine Furcht. Aber sie fragte sich, ob die Cantaro wirklich mit den Blitzern identisch waren, die millionenfach intelligentes Leben in Sekundenschnelle ausgelöscht hatten. Dann war von ihnen weder Nachsicht noch Gnade zu erwarten.

Schwere, polternde Schritte näherten sich.

Tarni schaffte es doch nicht, über ihren Schatten zu springen. Einen halb erstickten Aufschrei auf den Lippen, starrte sie hinüber zu dem düster erleuchteten Viereck des offenstehenden Schottes. Helge Sommer stand vor dem Bordrechner, dessen Innenleben er in der letzten Minute weiter freigelegt hatte. Zweifellos wollte er die Anlage vollständig zerstören, um den Gegnern keine Daten zu überlassen. Angesichts ihrer überlegenen Technik ohnehin vergebliche Mühe.

Tarni sah, daß Torne Maggas sich versteifte. Von seinem Standort vor der Bildschirmgalerie aus hatte er den besseren Überblick.

Sekundenbruchteile später fuhr Tarni aus ihrem Sessel hoch. Mit allem hatte sie gerechnet, nicht aber mit einem durchaus menschlichen und zugleich von unübersehbarer Technik geprägten Wesen.

Der Cantaro war gut und gerne einen Meter neunzig groß. Schütteres Haar bedeckte seinen Schädel, aber nur linksseitig – rechts schimmerte die kahle Kopfhaut metallisch. Das rechte Auge wurde von einem beinahe handflächengroßen geflochtenen Gitter verdeckt, ähnlich einer kleinen konkaven Antenne. Das Gebilde drehte sich. Tarni erschauderte, als die Antenne sich auf sie richtete.

»Wir ...« Ihre Zunge klebte rauh am Gaumen, sie erschrak über das eigene heiserne Krächzen. »Wir hoffen, ihr kommt in Frieden.«

Der Cantaro reagierte nicht. Seine rechte Hand und der Arm bis hinauf zum Ellenbogen waren ebenfalls eine Prothese. Metallische Sehnen und Knochen aus Stahl verliehen ihm vermutlich enorme Kräfte. Kabelstränge verbanden den Handrücken mit einem kleinen Tornister, den er an einem Gürtel in der Nierengegend trug.

Hinter dem Cantaro betraten zwei weitere seines Volkes die Zentrale. Einer von beiden besaß in Hüfthöhe ein halbrundes Implantat, unter dem Flüssigkeit brodelte. Verschiedene Module schufen Anschlußmöglichkeiten für eine Vielzahl externer Vorrichtungen.

Tarni schluckte schwer. Trotz ihres ansonsten menschlichen Äußeren waren ihr diese Wesen unheimlich, ihnen haftete eine Aura der Unnahbarkeit an.

Der Cantaro mit dem Antennenauge stieß einen Schwall kehliger Laute aus. Tarni hatte eine ähnlich klingende Sprache nie zuvor gehört.

An Bord des altersschwachen Frachters gab es keinen Translator, der die Worte hätte übersetzen können.

»Wir verstehen dich nicht«, sagte Torne Maggas.

Der Cantaro hob die Hand. Zwischen seinen Fingern entlud sich eine fahle, wirbelnde Leuchterscheinung. Maggas blieb nicht einmal mehr Zeit für einen entsetzten Aufschrei. Das Leuchten prallte gegen seine Brust und zerfloß in einer Vielzahl irrlichternder Funken. Steif stürzte der Magazinverwalter zu Boden; es war nicht zu erkennen, ob die Entladung ihn getötet oder nur paralysiert hatte.

Sommer griff mit beiden Händen in das offenliegende Innenleben des Bordrechners und zerstörte die letzten noch brauchbaren Funktionen. Eine zweite Entladung traf ihn in den Rücken.

Schlagartig erlosch die Beleuchtung. Auch die wenigen Bildschirme wurden schwarz.

Ausfall sämtlicher Funktionen! schoß es Tarni durch den Kopf. Das bedeutete, daß auch die Kryogentanks nicht mehr mit Energie versorgt wurden. Falls kein Wunder geschah, hatte der Pilot soeben die verbliebenen Schläfer getötet.

Nein! durchzuckte es Tarni, während sie sich hinter dem Kontursessel in Deckung warf. *Das nicht. Du bist kein Mörder.*

Doch die Finsternis hatte Bestand, und eine innere Stimme wollte sie davon überzeugen, daß Sommer nur aus lauteren Motiven gehandelt hatte. Besser tot als den Cantaro in die Hände zu fallen.

Hatte sie nicht eben auch so gedacht? Und nun verkroch sie sich zitternd hinter einer trügerischen Deckung.

In der Schwärze glühte ein violettes Gitter, das künstliche Auge des Cantaro. Der Schimmer entriß auch Teile des Gesichts der Finsternis.

Tarni wußte, daß sie den Gegnern nicht entkommen konnte. Trotzdem schob sie sich auf allen Vieren rückwärts. Falls sie es schaffte, das Schott zu erreichen ... Aber wohin dann? Ohne Raumanzug eine Schleuse öffnen?

Ein jähes Aufblitzen, ein schmerzhafter Schlag gegen die Schulter ... Tarni hatte das Gefühl, in einer sengenden Feuerlohe zu stehen, und die Glut fraß ihre Gedanken auf.

4.

Unendlich langsam, wie aus großer Tiefe, stiegen Empfindungen in ihr auf.

Sie fror.

Die Kälte lähmte ihre Gedanken, und nur zögernd wurde sie sich der eigenen Existenz deutlicher bewußt.

Wo bin ich?

Immer wieder diese Frage, unangenehm und quälend zugleich. Das Gefühl schwerelosen Schwebens bereitete Übelkeit, und schemenhafte Fetzen krampfhaft verdrängter Erinnerungen erschienen vor ihrem inneren Auge.

Zum Greifen nahe sah sie die zottelige Mähne eines Gurrads vor sich; der Löwenmensch jagte ihr Angst ein. Hilfesuchend klammerte sie sich an den Hals ihrer Mutter. Tausende Menschen schrien, schimpften und keuchten, und alle drängten auf der schmalen Rampe rücksichtslos vorwärts. Für einen Moment entdeckte Tarni die kahlen Schädel zweier Aras in der Menge, dann begann sich das Schott zu schließen.

In der Ferne wimmerten noch immer die Sirenen, aber plötzlich erklang auch in unmittelbarer Nähe ein gräßliches an- und abschwellendes Heulen.

»Halt dich fest, Kind!«

Krallenhände zerrten an ihnen, rissen und kratzten, und Amica schlug ebenfalls um sich.

Das Schott fiel zu, dennoch nahm das Stoßen und Drängen kein Ende. Die Luft war schlecht, sie machte das Atmen zur Qual; es stank nach Schweiß und anderen Ausdünstungen. Tarni vergrub ihr Gesicht in Mutters Schulter und preßte die Hände auf die Ohren, als eine Lautsprecherstimme losplärrte und den Start verkündete.

Der Rest versank im Chaos kindlicher Empfindungen, während Amica sich zwischen anderen Flüchtlingen hindurchzwängte und irgendwann einen Sitzplatz ergatterte. Die Bildschirme zeigten einen in den absonderlichsten Farben glühenden Weltraum. Ermindor wurde von dichten schwarzen Wolken eingehüllt, unter denen es blutrot flackerte. Raumschiffe der Hauri und galaktische Einheiten lieferten sich einen erbitterten Kampf.

Eines der anderen Flüchtlingsschiffe explodierte im konzentrierten Beschuß mehrerer Angreifer. Wenig später wurde das eigene Schiff angegriffen, und in den folgenden Minuten erfuhr Tarni einen Vorgeschmack auf die Hölle. Rasch wechselnde Schwerkraftfelder machten das Chaos perfekt.

Als das Schicksal schon unabwendbar schien, griffen endlich terranische Kampfschiffe ein und lenkten die Angreifer ab.

Irgendwann war Ermindor nur noch ein Stern unter vielen. Auf den Bildschirmen erschien ein fremdes Raumschiff; es stand nahe der Grenze des Sonnensystems, als hätte die Besatzung den Auftrag, nur zu beobachten.

Das Schiff erinnerte an ein überdimensionales Insekt.

Cantaro! Die Erkenntnis brannte auf der Seele. Der Frachter ... die Kryogentanks ... die Toten ... die Space-Jet ... alles brach wieder in ihr auf, eine ungeheure Flut an Informationen.

»Du bist erregt – versuch dich zu entspannen. Nichts wird dir geschehen. Laß dich einfach fallen, geh zurück in deine Vergangenheit.«

Die Stimme war unangenehm und stellte Forderungen, die Tarni nicht erfüllen konnte. Krampfhaft hatte sie versucht, das Gewesene zu vergessen, wollte nichts mehr wissen von all den Schrecken und ignorieren, daß ihr Vater in fernen Sternenräumen verschollen war. Die Zukunft war die Zeit, in der sie leben mußte, alles Vergangene war einengender Ballast.

»Geh zurück, Tarni Perst! Erinnere dich!«

Sie sträubte sich dagegen, sie hörte sich schreien und spürte, daß sie um sich schlug. Alles war wie ein böser Traum, und nichts wünschte sie sich sehnlicher, als aufzuwachen. Doch diese Erfüllung blieb ihr verwehrt.

»Erinnere dich, Tarni Perst! Wer war dein Vater?«

Grelle Lichter quälten sie. Wie Wetterleuchten in sturmdurchtoster Nacht. Sie registrierte, daß ihre Umgebung sich verändert hatte. Sie befand sich nicht mehr an Bord des Frachters, sondern in einem kahlen, nüchternen Raum.

Nüchtern wie die CIMARRON – eine speziell für Reginald Bull entwickelte Schiffs-Neukonstruktion. Quando Perst hatte als Hangarmeister an Bord dieses Schiffes angeheuert.

Stolz war Tarni schon gewesen, damals, als sie noch nicht geahnt hatte, daß sie ihren Vater nie wiedersehen würde. In Gedanken, aber auch im Spiel, hatte sie Quando stets neben dem unsterblichen Terraner gesehen.

Das Licht gebar menschliche Visagen, die sie fixierten wie einen exotischen Schmetterling. Diese Gesichter wirkten abstoßend, wie eine Kreuzung aus Mensch und Maschine. Tarni sah stählerne Zähne, mit Sensoren bestückte Lippen, künstliche Augen ...

War sie in einem Traum gefangen? Sie wußte es nicht, hatte keine Möglichkeit festzustellen, was mit ihr geschah.

Die Droiden taten ihr weh. Sie stachen Sonden in ihre Arme und schlossen sie an bizarre Apparaturen an. Sie testeten ihre Reflexe und gaben ihr Medikamente zu schlucken.

»Was wollt ihr von mir? Laßt mich endlich in Ruhe!« Tarni schrie. Immer nur diese beiden Sätze. Immer wieder.

»Warum wehrst du dich? Laß dich fallen, gib deinen Widerstand auf!« Sie konnte der suggestiven Stimme nicht entrinnen. Tarni schwitzte Blut und Wasser.

Lieber sterbe ich, dachte sie intensiv. *Ich bin kein Versuchsobjekt.*

»Genug für heute. Dein Trotz behindert unseren Zeitplan. Du mußt lernen, dich zu beherrschen.«

Niemals! All ihre Verachtung schleuderte sie den Maschinenmenschen entgegen. Danach war sie wieder allein, wie schon so oft vorher.

Immer noch ein Traum? Allmählich wurde es Zeit, aufzuwachen ... Das Fesselfeld an ihren Handgelenken ließ überraschend viel Spielraum. Mit einem Ruck befreite Tarni ihre Arme und richtete sich auf.

Erstmals sah sie ihre Umgebung aus einer anderen Perspektive, nicht mehr nur die kahle Decke, die Lampen und einige Gerätschaften. Die Einrichtung wirkte steril, ein hochtechnisiertes medizinisches Labor.

Auf Aralon hatte sie solche Räume kennen und hassen gelernt. Gerade vierzehn Jahre alt, war sie bei einem selbstmörderischen Anschlag fanatischer Blues beinahe umgekommen. Mit mehr als achtzig Prozent verbrannter Hautoberfläche hatte sie endlos lange Wochen in Nährlösungen zugebracht und auf gentechnischem Weg eine neue Haut erhalten. Derart perfekt, daß nicht einmal Narben zurückgeblieben waren.

Aber hier war sie so fehl am Platz wie eine Sumpfblume in sonnenverbrannter Wüste.

Ein Gefühl der Schwäche überkam sie, als sie die ersten zaghaften Schritte wagte. Beinahe erschien es ihr, als müsse sie das Laufen erst wieder lernen. Der Schweiß brach ihr aus allen Poren, sie brauchte Minuten für wenige Meter. Nie vorher war ihr die eigene Hilflosigkeit derart bewußt geworden. Wieviel Zeit war seit den Geschehnissen an Bord des Frachters vergangen? Ihre wirren Träume ließen keine Rückschlüsse zu, doch es mußten wohl einige Wochen gewesen sein. Andernfalls hätte sie nicht derart wacklig auf den Beinen gestanden. Ihre Muskeln waren weich geworden, die ungewohnte Anstrengung ließ den Kreislauf rebellieren.

High-Tech-Apparaturen; Brutkästen, in denen Zellklumpen in verschiedenfarbigen Flüssigkeiten schwammen; Hologramme mit stilisierten DNA-Gruppen – im Aufwallen der Gefühle war Tarni Perst versucht, all das zu zerstören. In Gedanken sah sie sich mit einer schweren Eisenstange die Brutkästen zerschlagen, hörte das Splittern von Glas und das Gurgeln der Flüssigkeiten, die sich schwallartig auf den Boden ergossen. Alarmsirenen heulten, aber das hinderte sie nicht daran, wie ein Berserker zu wüten.

Ihr Haß auf die Droiden wuchs mit jedem Schlag, den sie fühlte, mit jedem berstenden Monitor. Ohne die Cantaro hätte alles so friedvoll sein können wie früher.

Sie waren Eroberer ... Tarni durchbohrte eine Computereinheit; es stank durchdringend nach Ozon, und gleich darauf begann die Verkleidung blasenwerfend aufzuwallen.

Sie hatten nicht nur die Milchstraße in ein Chaos gestürzt, son-

dern auch Amica und Quando Perst für immer voneinander getrennt …

Tarni glaubte, William Adas Stimme zu hören: »*Vor über hundert Jahren wurde die Milchstraße vom übrigen Universum abgeriegelt. Raumer, deren Besatzungen den Durchbruch versucht haben, wurden entweder vernichtet oder gelten seitdem als verschollen – und von außerhalb empfangen wir nicht einmal mehr Funksprüche.*«

Endlich wußte sie, wo sie in dieser Zeit Zuflucht und Beistand finden konnte. Vorausgesetzt, sie war selbst bereit, anderen Hilfe zu geben.

Die Widder waren überall und nirgends, wenn sie Adas Worten glauben durfte; sie zu finden würde schwer sein, aber nicht unmöglich.

Tarni zerschmetterte den letzten Brutkasten, all ihren Haß legte sie in den Hieb hinein. Schleimige Flüssigkeit schwappte über, besudelte ihre Hände und die Arme, blutiges Wasser, mit zerfetztem Zellgewebe vermischt.

Als sie die Embryos sah, stieß die Terranerin einen heisernen Aufschrei aus und ließ die Waffe fallen. Ein halbes Dutzend faustgroßer, voll ausgebildeter Menschlein wurde von dem schäumenden Sog auf den Boden gespien; hilflose, nackte Kreaturen, die sich sekundenlang zuckend bewegten, aber gleich darauf tot im Fruchtwasser trieben.

Tarni würgte. Das Entsetzen raubte ihr den Atem. Was um alles in der Welt hatte sie getan?

»Das … das wollte ich nicht«, brachte sie tonlos hervor. »Mein Gott, ich …« Alle Gedanken an Flucht wurden jäh bedeutungslos. Tarni sank in die Knie und griff nach einem der reglosen Föten – ein Mensch, ein Mädchen sogar, voll ausgebildet mit großen, eindrucksvollen Augen, mit einem im Tod noch lächelnden Mund, mit Armen und Beinen und winzigen Fingern und Zehen. Und mit einem Engelsgesicht …

Tarni Perst war nahe daran, den Verstand zu verlieren. Entgeistert starrte sie den toten Embryo in ihrer Hand an. Dieses winzige, unschuldige Häufchen Mensch, obwohl es erst vor kurzem gezeugt worden sein konnte, wies ausgeprägte Gesichtszüge auf, die sie nur zu gut kannte. Sie waren wie ein verkleinertes Spiegelbild.

Und die anderen Föten?

Sie waren alle gleich.

Irgend etwas explodierte unter Tarnis Schädeldecke und löschte ihre Wahrnehmungen aus.

Gefangen. In einer kahlen, menschenunwürdigen Zelle von drei mal drei Metern. Jedes Tier in einem der unzähligen planetaren Zoos war besser untergebracht.

Tarni Perst hatte den Überblick verloren, wie viele Tage und Nächte ihre Gefangenschaft inzwischen dauerte. Sie wußte nur, daß sie schon lange hier war und ebenso lange ihre Runden ging, um sich wenigstens etwas Bewegung zu verschaffen. Vier Schritte hin, vier Schritte zurück – sie fühlte sich wie ein gefangenes Tier im Käfig. Einzige Ausweichmöglichkeit war die enge, abgetrennte Naßzelle.

Tarnis Tagesablauf bestand aus Schlafen und Wachen, wobei sie in letzter Zeit schlechter schlief. Alpträume quälten sie. In einem dieser Träume, mit denen sie wenig anzufangen wußte, kniete sie nackt in einem Saal, der angefüllt war mit einem Meer von Spiegeln, und aus jedem dieser unterschiedlich großen Spiegel blickte ihr das eigene Gesicht entgegen.

Vielleicht sehnte sie sich in der Einsamkeit nach Gesellschaft. Tarni verstand zu wenig von Psychologie, um den Dingen auf den Grund gehen zu können, aber die Nacktheit in ihren Träumen deutete sie als das Verlangen nach menschlicher Nähe. Sie dachte an William Ada und die RESISTANCE, und in immer lebhafteren Bildern fantasierte sie, daß er unvermittelt vor ihr stand. Mit jeder Faser ihres Körpers wollte sie ihm gehören, wie sie sich nie zuvor einem Mann hingegeben hatte. Bislang hatte sie ihren Körper immer nur für Ziele eingesetzt, die sie anders nie erreicht hätte. Die Zeiten waren schlecht gewesen, und wer nicht in der Masse hatte untergehen wollen, der war gezwungen gewesen, über seinen Schatten zu springen. Aber nichts war heute anders. Oder doch?

Die einzige wirkliche Abwechslung in ihrer Gefangenschaft bedeutete der Roboter, der ihr gelegentlich das Essen brachte, synthetische Nahrungsmittel in Tablettenform, geschmacklos, aber nahrhaft. Diesmal forderte der Roboter sie auf, ihm zu folgen.

»Wohin bringst du mich? Wo befinden wir uns überhaupt?«

Die kegelförmige Maschine gab keine Antwort, sondern schwebte auf den Korridor hinaus, von dem eine Vielzahl Türen abzweigte, dahinter vermutlich weitere Gefängniszellen.

Tarni hatte Mühe, mit dem Roboter Schritt zu halten. Egal was sie erwartete, sie war froh, endlich der Enge ihres Verlieses entronnen zu sein. Schon nach wenigen Minuten hatte sie in dem Gewirr von Antigravschächten und Korridoren die Orientierung weitgehend verloren.

Eine sterile Klinik-Atmosphäre bestimmte das Bild. Unvermittelt sah Tarni sich einer Gruppe Aras gegenüber.

»Wo bin ich hier?« stieß sie hastig hervor. »Ich habe nichts verbrochen, daß man mich gegen meinen Willen festhält.«

Der Roboter zerrte sie weiter. Trotz ihrer heftiger werdenden Gegenwehr.

»Ausschuß«, hörte sie einen der Galaktischen Mediziner sagen.

»Oder ein Original«, fügte ein anderer hinzu.

Tarni fand keine Zeit, sich darüber Gedanken zu machen. Der Roboter führte sie zu einem Transmitter, dessen Entstofflichungsfeld sich bereits aufbaute – und die Gegenstation stand an der Peripherie einer weit gespannten Kuppel.

Die Terranerin verspürte nicht den geringsten Entzerrungsschmerz, sie hatte also nur eine vergleichsweise kurze Distanz zurückgelegt.

Zum erstenmal seit langem sah sie wieder Tageslicht. Flirrender Sonnenschein fiel herein. Tarni sah eine üppige Vegetation, Schachtelhalme und Farne, die bis zu zwanzig Meter hoch aufragten, dazwischen knorrige Bäume und ein farbenprächtiges Blütenmeer. Flugechsen strichen dicht an der Kuppel vorbei. Aber nicht ein Laut drang von außen herein.

Erst eine schneidende Stimme holte Tarni aus ihren Betrachtungen in die Realität zurück.

»Diese Welt birgt ungeahnte genetische Reichtümer. Obwohl wir schon seit Jahrzehnten eurer Zeitrechnung hier arbeiten, wurde noch nicht einmal ein Bruchteil ihrer Ressourcen erforscht.«

Langsam wandte Tarni sich nach dem Sprecher um. Sie ahnte, daß sie einem Cantaro gegenüberstand. Der rauhe Klang der Stimme, die nahezu akzentfreies Interkosmo sprach, verriet ihr genug.

Maschinenblöcke und Bildschirmgalerien im Innern der Kuppel erwiesen sich als Illusion. Eine schwebende Plattform schälte sich aus den verblassenden Konturen heraus, verharrte dicht über dem Boden und glitt auf Tarni zu.

Liebten die Cantaro theatralische Auftritte? Eben noch wäre sie zu schwören bereit gewesen, daß die Plattform leer sei, aber schon flirrte dort oben die Luft, offenbarten gleich zwei Droiden sich ihren suchenden Blicken. Allzu viel konnte sie dennoch nicht von ihnen erfassen, sie waren wie Schemen, die sich unaufhörlich veränderten.

»Du bist uns wertvoll, Terranerin.«

»In den vergangenen Tagen haben wir herausgefunden, wer du bist.«

Die Plattform bewegte sich entlang der Kuppelrundung. Tarni war gezwungen, sich ebenfalls zu drehen, wollte sie die Cantaro nicht aus den Augen verlieren.

»Interessiert dich nicht, was wir in Erfahrung bringen konnten?« Allem Anschein nach erwartete der Sprecher keine Antwort, denn er fuhr im gleichen monotonen Tonfall fort: »Dein Vater lebt!«

»Nein«, stieß Tarni ungläubig hervor. »Das ist unmöglich.«

»Glaubst du das wirklich?«

»Ich …« Sie wußte nicht, was sie glauben sollte und was

nicht. In der Milchstraße schrieb man mittlerweile das Jahr 614 NGZ. Selbst wenn Quando Perst die Vernichtung des Tarkan-Flottenverbands überlebt hatte, mußte er doch inzwischen eines natürlichen Todes gestorben sein.

»Nimm Platz, Terranerin!«

Ein Sessel wuchs vor ihr aus dem Boden. Dennoch dachte Tarni nicht daran, der Aufforderung nachzukommen. Die Eröffnung des Cantaro hatte sie weitaus tiefer getroffen, als sie zuzugeben bereit war.

Der Roboter drückte sie mit sanfter Gewalt auf die Sitzgelegenheit. Ihr behagte nicht, daß die Plattform wieder hinter ihr verschwand. Spontan wollte sie den Kopf wenden, doch ein Fesselfeld hinderte sie daran.

»Was wolltet ihr mir sagen?« rief sie, als das Schweigen schon an ihren Nerven zerrte. »Was habt ihr mit mir vor?« Langsam glitt die Plattform von rechts heran.

»Du wirst uns helfen. Wir wissen, daß Perry Rhodan und alle, die mit ihm in Tarkan waren, noch leben. Sie bedeuten eine latente Gefahr.«

Unwillkürlich mußte Tarni lachen. Wenn sie eben richtig verstanden hatte, hatten sogar die unbesiegbar erscheinenden Cantaro ihre Schwachstellen. Niemals würde sie ihnen helfen, auch nur einen Terraner ans Messer zu liefern.

»Reizt es dich nicht, deinen Vater wiederzusehen? Wir wissen, wie sehr alle natürlich Geborenen familiäre Beziehungen pflegen. Das ist ein Anachronismus in einer hochtechnisierten Welt. Schon daß die Entstehung biologischen Lebens dem Zufall überlassen wird, mit allen Schwächen und Fehlern …«

»Hör auf!« schnaubte Tarni. Was bildeten diese größenwahnsinnigen Wesen sich ein, die weder Fisch waren noch Fleisch – eben Androiden?

»Erstmals im Jahr 490 eurer Zeitrechnung sind Perry Rhodan und einige seiner Gefährten in die Milchstraße zurückgekehrt«, erklang es emotionslos, fast als rede ein Roboter. Tarni Perst registrierte, daß sie zu dem Zeitpunkt schon seit 14 Jahren im Tiefschlaf gelegen hatte. Es gab keinerlei

Bestätigung für die Behauptung des Cantaro, sie konnte die Angaben aber auch nicht widerlegen, doch zum erstenmal hörte sie interessiert zu. Daß die Droiden eine bestimmte Absicht verfolgten, war ihr klar, nur würde sie sich nie für deren Zwecke einspannen lassen. *Höchstens über meine Leiche!* schoß es ihr durch den Kopf.

»Wir haben manches erst nachträglich herausgefunden«, sagte der Cantaro, »daß zum Beispiel Icho Tolot und Gucky auf Tahun medizinisch betreut wurden. Ihre wahre Identität wurde damals geheimgehalten.«

Warum? durchzuckte es Tarni. Wenn der Haluter und der Mausbiber wirklich zurückgekehrt waren, hätten sie jederzeit in die Geschicke der Milchstraße eingreifen können. Daß sie aber genau das nicht getan hatten, schien festzustehen.

»Für den 29. April des Jahres 490 wurde auf Vermittlung eines Springers der Osfar-Sippe auf einer Welt, die ihr Terraner Olymp nennt, eine Friedenskonferenz anberaumt. Wir Cantaro sagten unsere Teilnahme mit drei Abgesandten zu. Ich, Camaarden, war einer dieser drei.«

Eine kurze Pause folgte, während der sich Tarnis Gedanken schier überschlugen. Vergeblich versuchte sie herauszufinden, warum der Droide ihr das alles erzählte.

»Unsere Bemühungen, für Ruhe und Ordnung zu sorgen, wurden schmählich hintergangen. Selbst ich erkannte die Falle zu spät, die uns Cantaro gestellt worden war. Erst als der Ilt mittels seiner Para-Fähigkeiten in der Konferenzhalle erschien, wurde die Absicht hinter alledem klar. Tod oder Gefangenschaft den Cantaro. Meine Begleiter wurden getötet, ich allein entkam. Später erfuhr ich, daß Rhodan, Bull, Gucky und Tolot nach dem mißglückten Attentant Olymp mit unbekanntem Ziel verlassen hatten.«

»Die Unsterblichen sind keine Attentäter«, protestierte Tarni. Doch auf dem Grund ihrer Seele nagte ein feiner Zweifel. Solange ihr die Antwort auf die Frage fehlte, weshalb Rhodan und seine Gefährten sich im Hintergrund gehalten und ihre Rückkehr keineswegs offen bekanntgegeben hatten, solange würde sich daran auch nichts ändern.

Nur flüchtig kam ihr der Verdacht, daß die politischen Wirren des Jahres 490 NGZ eine Restaurierung früherer Verhältnisse nicht mehr zugelassen hätten. Nach 42 Kriegsjahren war der Name Rhodan fast nur noch ein Mythos gewesen, bei der Mehrzahl der Galaktiker in Vergessenheit geraten. Und ganz gewiß hätte niemand die Rückkehrer wie Helden verehrt, dazu hatten die Verhältnisse sich zu gravierend verändert gehabt.

»Es gibt genügend Hinweise, daß Rhodan nur mit einem einzigen Raumschiff in die Galaxis kam. Das Schiff heißt CIMARRON. Offenbar haben sie sich über lange Zeit hinweg im Dilatationsflug befunden.«

Beinahe hätte Tarni vor Freude laut aufgeschrien, im letzten Moment biß sie sich jedoch auf die Zunge. Das war etwas, was sie nachvollziehen konnte, hatte doch sie selbst der Zeit ebenfalls ein Schnippchen geschlagen. Wenn das wahr war, bedeutete es nichts anderes, als daß Quando Perst irgendwo in der Milchstraße ... Tarni mußte sich zwingen, dem Cantaro wieder zuzuhören.

»... eine Widerstandsorganisation gegründet, deren Anführer niemand kennt. Es existieren Hinweise, die darauf schließen lassen, daß es sich um ein Besatzungsmitglied der CIMARRON handelt – um deinen biologischen Erzeuger, Tarni Perst.«

Erwartete Camaarden eine Antwort? Sie schwieg trotzig. Daß der Cantaro sie als Geisel benutzen wollte, war klar.

»Du weißt, was wir von dir erwarten?«

»Lieber sterbe ich, als daß ich meinen Vater verrate«, fauchte Tarni.

»Ist das alles, was du dazu zu sagen hast?«

Sie schwieg.

»Dein Tod würde nur eine kurze zeitliche Verzögerung bedeuten.« Camaardens Stimme klang jetzt frostig. »Sieh dir an, Tarni Perst, wie entbehrlich du bald für uns sein wirst.«

Ein Hologramm flammte auf und zeigte ein Mädchen im Alter von ungefähr fünf Jahren, das mit einem Raumschiffmodell spielte. Das Modell hatte die Form eines stumpfen, sechseckigen Keils; Tarni identifizierte es als maßstabsgetreue Wiedergabe der CIMARRON.

Aber dann schaute das Mädchen auf, und ihr war es, als bohre sich ein glühendes Eisen in ihr Herz. Ihre Kehle war wie zugeschnürt.

»Eine Animation!« keuchte sie atemlos.

»Das Kind ist nach euren Maßstäben fünf Jahre und drei Monate alt«, sagte Camaarden.

»Ein Bluff ...«

»Du und das Kind, ihr seid identisch. Jede Zelle, jedes Gen, es gibt keinen Unterschied.«

Ein Klon? Tarni entsann sich wieder ihrer wirren Träume. Die Cantaro hatten ihr Zellmaterial entnommen, hatten einen Embryo geklont, und dieser Embryo war herangewachsen.

»Ich ahne deine Gedanken«, sagte Camaarden in die entstandene Stille hinein. Das Hologramm erlosch. »Eine Veränderung der DNA unterscheidet dich und das Kind, sie wurde künstlich herbeigeführt. Dein Ebenbild wächst um den Faktor zehn schneller als jeder Mensch.«

In diesem Augenblick reifte in Tarni Perst ein einsamer Entschluß. Noch wußte sie nicht, wie sie ihn in die Tat umsetzen sollte, aber sie mußte die Widder warnen, das war sie ihrer Selbstachtung schuldig.

Sie fühlte sich zutiefst gedemütigt und mißbraucht. Hätte sie bislang noch keinen Grund gehabt, die Droiden zu hassen, nun hatte sie ihn.

5.

Tarni Perst wurde nach dem eigentlich deprimierenden Gespräch mit Camaarden nicht in die enge Kammer zurückgebracht, sondern erhielt ein wesentlich geräumigeres Quartier. Durch ein Panoramafenster hatte sie ungehinderten Ausblick auf den üppigen Dschungel.

Tarni fand zwar sehr schnell heraus, daß das Fenster nur eine Projektion war, doch die wiedergegebenen Szenen schienen durchaus der Wirklichkeit zu entsprechen. Stundenlang starrte sie gedankenverloren in das dampfende Dickicht hinaus. Ein immerwährender Kampf ums Überleben tobte; fleischfressende Pflanzen, mannsgroße zweibeinige Echsen und Flugsaurier waren wilde Konkurrenten in einem grausamen Überlebenskampf. Eigentlich, dachte Tarni, unterschied diese Urwelt sich nur in unwesentlichen Details von der sogenannten Zivilisation.

Mit der anderen Hälfte ihrer Gedanken weilte sie bei Ada und der RESISTANCE. Die Widder waren der einzige Anhaltspunkt, der sie auf die Spur ihres Vaters führen konnte. Falls der Cantaro die Wahrheit gesagt hatte. Aber weshalb sollte er lügen?

Irgendwann schlief sie ein, und als sie nach mehreren Stunden erwachte, lag die Nacht über dem Dschungel. Myriaden Irrlichter führten in der Dunkelheit den Kampf ums Überleben weiter. Sie sah Pflanzen, die Sonnenenergie gespeichert hatten und mit wahren Lichtorgien alles Getier anlockten. Tentakel peitschten durch das Unterholz; was sie im Würgegriff hielten, das ließen sie nicht mehr los. Tarni begann die Bemerkung des Cantaro hinsichtlich der genetischen Reichtümer dieser Welt zu verstehen. Für Naturwissenschaftler aller Couleur mußte sie eine unerschöpfliche Fundgrube sein.

Der Entschluß, die neue Freiheit auf die Probe zu stellen, kam spontan. Tarni reagierte verblüfft, als sie feststellte, daß sich das Schott problemlos öffnen ließ. Sie mußte nur die Hand auf das zugehörige Sensorfeld legen. Doch als sie den Raum verlassen wollte, versperrte ihr ein flirrendes Energiefeld den weiteren Weg.

Ein zweiter Versuch, eine halbe Stunde später, brachte kein besseres Ergebnis.

Zum Morgen hin schlief Tarni endlich wieder ein, doch sie wurde kurz darauf geweckt. Mühsam in die Helligkeit blinzelnd, sah sie den pyramidenförmigen Roboter neben sich –

zumindest hatte sie den Eindruck, daß es sich um den Roboter vom Vortag handelte. Wirklich identifizieren konnte sie ihn nicht.

»Deine Arbeit beginnt«, sagte die Maschine.

»Arbeit?« fragte Tarni verwirrt. »Ich habe keine Ahnung.«

»Solltest du dich sträuben, bin ich verpflichtet, Meldung zu erstatten.«

»Und das hätte Konsequenzen für mein Wohlbefinden?«

»Zweifellos.«

Offenbar reagierte Tarni zu langsam, denn der Roboter versetzte ihr einen Stoß, der sie in Richtung Schott taumeln ließ.

Diesmal war der Weg nicht besonders weit. Der Hauptkorridor, dann mehrere Abzweigungen ... Tarni achtete auf alle Details. Vielleicht war sie bald darauf angewiesen, sich schnell in der Station der Cantaro zurechtzufinden. Sie dachte nicht daran, sich mit ihrem Schicksal abzufinden, und schon gar nicht lag ihr die Rolle als Lockvogel in einem makaberen Spiel.

Der Roborter schob sie durch einen Energievorhang. Hinaus in den Dschungel? Tarni blieb wie angewurzelt stehen. Ein fahler, grüner Schimmer hüllte sie ein, ein Licht, an das ihre Augen sich erst gewöhnen mußten.

Auf dem Absatz fuhr sie herum, aber sie war allein, und der Vorhang hatte sich in eine massive Wand verwandelt. »Was soll ich hier?« rief Tarni.

Sie fühlte sich beobachtet, konnte deutlich spüren, daß lauernde Augen sie anstarrten. Diesmal wandte sie sich langsamer um, darauf bedacht, den Kontakt zu der Wand nicht zu verlieren, die ihr wie ein letzter Zufluchtsort erschien. Nein, der Dschungel war dies nicht, doch ein Raum, in dem ähnliche Verhältnisse geschaffen worden waren. Sie atmete feuchte, tropische Luft und roch den betäubenden Geruch fremder Pflanzen, der ihre Sinne verwirrte. Den Atem angehalten, starrte sie in das grüne Halbdunkel – und dann sah sie die Kreatur, die im Unterholz verborgen war und sie anstarrte, und sie spürte zugleich das Erschrecken jenes Wesens.

Ein Mensch? Zumindest der Kopf und die Schulterpartie hatten diesen Eindruck erweckt, aber der Rumpf war gedrungener gewesen, und irgendwie hatte es den Anschein, daß dieses Geschöpf sich auf allen Vieren bewegte. Es war so schnell wieder verschwunden, wie es zwischen den dichten Blättern aufgetaucht war. Einen Moment lang spürte Tarni Furcht, aber auch nur mühsam verhaltene Neugierde.

»Warte!« rief sie. »Wenn du mich verstehst, dann ... lauf nicht davon.«

Verrückt! Sie hatte mehr als genug eigene Sorgen, aber sie zögerte nicht, etwas Fremden zu folgen. Der Boden, eben noch weiches, von Wurzeln durchzogenes Erdreich, verwandelte sich unter ihren Füßen in blankes Metallplastik. Sie starrte an sich hinab. War alles hier Illusion, jeder Baum, die Blumen, sogar die träge durch die Luft gaukelnden Insekten?

Ohne darüber nachzudenken was sie tat, teilte sie die Äste des mannshohen Strauches, hinter dem der Unbekannte verschwunden war. Jäh stürzten Furcht und Panik auf sie ein – Gefühle, die nicht ihre eigenen waren. Tarni taumelte unter dem Ansturm der fremden Empfindungen.

Zeitlupenhaft langsam sackte sie in die Knie. Zumindest empfand sie es so.

Besänftigende Impulse folgten, eine Mischung aus Neugierde und Mitleid, vielleicht sogar Schuldgefühl. Aber gleich darauf unbändiger Haß und der Wille zu vernichten. Flammen loderten auf, ein Ring aus Feuer, in dessen Mittelpunkt Tarni kniete. Sie spürte die sengende Hitze, die den Boden zähflüssig werden ließ und auf sie übersprang, und sie sah sich selbst, wie ihre Kleidung Feuer fing.

Die Hitze wurde schier unerträglich. Tarni schrie sich die Seele aus dem Leib. Aber sie war nicht fähig, auch nur das geringste gegen die Flammen zu unternehmen. Ihre Haut begann Blasen zu werfen und zu zerfließen. Schwarzes, zähflüssiges Metall tropfte zu Boden und sammelte sich in größer werdenden Lachen.

Ein stählernes Skelett wurde unter der Haut sichtbar, ausgefüllt mit positronischen und syntronischen Bauteilen. Die sengende Hitze machte auch davor nicht Halt, eine Vielzahl kleinerer Explosionen sprengte die Konstruktion …

Tarnis Schreie verstummten. Halb besinnungslos vor Schmerz krümmte sie sich am Boden und versuchte vergeblich, dem Inferno zu entrinnen.

Erst eine vorsichtig tastende Berührung ließ sie aufmerken. Die Berührung erfolgte nicht körperlich, sondern auf eine Weise, die Tarni schlecht beschreiben konnte. Etwas Unsichtbares griff nach ihr.

Der Haß verwandelte sich in Bedauern, und Tarni vernahm seltsame Laute, eine Mischung aus echsenhaftem Zischen und menschlichen Vokalen.

»Chech mogg chebbennn.«

Das Feuer war nicht real gewesen – eine Suggestion, aber dennoch schmerzhaft. Die Terranerin stemmte sich auf den Ellenbogen hoch. Obwohl sie diesmal auf den ungewöhnlichen Anblick vorbereitet war, traf er sie dennoch wie ein Blitz aus heiterem Himmel.

»Maggas!« stieß Tarni entsetzt hervor.

Wie lange lagen die Ereignisse an Bord des Frachters zurück, waren es nur Wochen, oder gar Monate? Die Kreatur vor ihr, das war Torne Maggas – und sie war es doch gleichzeitig nicht. Der Fremde hatte zweifellos Maggas' Gesicht, seine Augen und das markante Kinn – aber der übrige Körper gehörte einem Echsenwesen: unregelmäßige graugrüne Schuppen; muskulöse Gliedmaßen, die in kräftigen Krallen endeten, und ein mit fingerlangen Dornen besetzter Schwanz, eine wohl tödliche Waffe.

Noch während sie ihr Gegenüber in ohnmächtiger Hilflosigkeit musterte, bemerkte Tarni Perst aus den Augenwinkeln heraus, wie weitere Alptraumgestalten näherkamen, Chimären, deren Existenz keineswegs nur auf eine Laune der Natur zurückzuführen sein konnte.

Da waren dürre, zerbrechlich wirkende Körper mit zwei Köpfen, aber nur einem Arm; andere Wesen stakten auf drei

Beinen heran, und ihren kugelförmigen Leib umgab eine Vielzahl unterschiedlich geformter Greifarme. Wieder andere wirkten wie Zerrbilder aus einem Spiegelkabinett, durchaus menschlich, aber mit irrsinnigen Proportionen.

Tarni atmete unwillkürlich schneller. Nur mühsam unterdrückte sie den Impuls zur Flucht, weil sie instinktiv spürte, daß diese Wesen nicht bösartig waren, sondern bedauernswerte Opfer. Hatten die Cantaro oder Aras oder wer immer menschliches Erbgut mit pflanzlichen oder tierischen Genen vermischt? Das wäre eines der wahnsinnigsten Verbrechen gewesen, die sie sich vorstellen konnte.

Die beruhigenden Impulse wurden stärker.

Tarni blickte die Maggas-Echse an. »Das machst du, oder?« fragte sie tonlos. Mein Gott, wie unsagbar schwer es ihr fiel, den Anblick zu akzeptieren.

»Chech.« Der Mund lächelte, doch die blanken Klauen und der zuckende Schwanz jagten Tarni Furcht ein.

»Verstehst du, was ich sage?«

Torne Maggas, bist du das? Haben die Cantaro vielleicht noch schrecklichere Experimente durchgeführt, als nur unterschiedliches Erbgut zu klonen? schoß es ihr durch den Sinn. Und vor allem: Wieviele Klones von ihr selbst lebten in der Station, verunstaltet von Verbrechern, die sich anmaßten, mit der Schöpfung zu spielen?

»Verstehst du mich?«

Die Maggas-Echse wurde unruhig. Weil die anderen Kreaturen sie inzwischen umringten?

»Gut so«, lobte eine rauhe Stimme aus einem verborgenen Akustikfeld.

»Camaarden?« rief Tarni aufgebracht. »Was ist euch Cantaro ein Leben wert?«

»Wie ich sehe, bist du mit deiner Aufgabe schon vertraut«, sagte der Droide, ohne von ihrer Frage Notiz zu nehmen.

»Aufgabe?« echote Tarni. »Ich denke nicht daran, für skrupellose Verbrecher nur einen Finger krumm zu machen.«

»*Du* wirst mit den Bionten arbeiten«, fuhr Camaarden fort, »und ihre speziellen Fähigkeiten herausfinden. Auf Roboter reagieren sie nicht, nur auf biologisches Leben.«

»Und wenn ich mich weigere?«

»Dann müssen die Bionten sterben. Sie sind ohnehin nur Gen-Müll, verunglückte Züchtungen ...«

»Hör auf, so zu reden. Sie sind intelligentes Leben.« Suchend blickte Tarni um sich. »Was soll ich tun?«

»Weck die Fähigkeiten, die in ihren Genen verankert sind. Wenn du es nicht schaffst ...« Camaarden ließ den Satz offen, doch Tarni verstand, was er damit sagen wollte.

Trotz aller Unklarheiten und drängender Fragen, die wohl vergeblich auf Antwort warteten, wuchs in ihr ein Gefühl der Zufriedenheit. Tarni fiel auf, daß sie sich in dem Moment besser zu fühlen begann, in dem die Maggas-Echse sich wieder ihr zuwandte. Lag eine unausgesprochene Bestätigung im Blick dieses Wesens?

»Torne?« fragte sie und streckte ihm die offenen Hände entgegen. Sie fühlte sich albern dabei, aber was sollte sie sonst tun? Der Anblick dieser Zerrbilder menschlicher oder tierischer Existenzen jagte ihr immer noch einen Schauder des Unbehagens den Rücken hinab.

»Chech«, zischelte die Mensch-Echse.

Neugierig kamen die anderen Kreaturen näher. Tentakel, Klauen und knorrige Äste reckten sich ihr entgegen, tasteten über ihre Arme, den Oberkörper, streiften ihr Gesicht – Tarni mußte an sich halten, um nicht aufzuspringen und blindlings davonzurennen.

Ein beruhigender Impuls streifte sie, als sie in aufwallender Panik die Augen schloß.

»Danke, Chech!«

Das Wesen stieß ein glucksendes Fauchen aus, das wohl einem menschlichen Lachen glich.

Ist das deine Fähigkeit? Kannst du Gefühle aufnehmen und beeinflussen? Tarni dachte die Frage nur; sie hatte verstanden, daß die Cantaro versuchten, parapsychisch begabte Wesen zu züchten. Aber warum gleichzeitig diese skurrilen körperlichen Veränderungen? Wollten sie ihre Kreaturen an unterschiedliche Umweltbedingungen anpassen?

Chech antwortete nicht; Telepathie war also nicht seine Stärke.

Mit unwahrscheinlicher Beherrschtheit hatte Tarni die lästiger werdenden Berührungen ertragen, doch mit einem Mal wirbelte sie herum. »Hört auf damit!« brüllte sie ihre ›Schützlinge‹ an. »Ich respektiere euch und euer Aussehen, aber laßt mich in Ruhe!« Den letzten Tentakel schlug sie mit der flachen Hand zur Seite. Ein schrilles Jaulen antwortete ihr, gefolgt von einer unerwarteten Attacke. Der kantige Schnabel hätte ihr zweifellos eine schwere Verletzung zugefügt, hätte nicht Maggas-Echse im letzten Moment den Angreifer angesprungen und zur Seite gewirbelt.

Tarni hatte einen Beschützer gefunden. Sie fühlte sich erleichtert, aber war das wirklich ihr eigenes Gefühl?

In dieser Nacht und den folgenden Nächten schlief Tarni Perst erstmals wieder ohne Alpträume. Sie fragte sich jedoch, ob womöglich Chech als stabilisierender Faktor auf sie einwirkte.

Zunächst arbeitete Tarni nur zwei Stunden täglich mit den Bionten, die sich als unterschiedlich intelligent erwiesen; nach einiger Zeit verbrachte sie aber schon fünf bis sechs Stunden mit ihnen und fühlte sich überraschenderweise wohl dabei. Die Beschäftigung half ihr, die eigenen Probleme mit größerer Distanz zu sehen und nicht nur rein emotional zu handeln. Die Cantaro wußten gar nicht, daß sie ihr im Grunde genommen einen Gefallen getan hatten.

Hatte sie sich anfangs noch überwinden müssen, Chech ständig in ihrer Nähe zu wissen, weil sie sich zwangsläufig fragte, was aus Torne Maggas und ihren Gefährten von Bord des Frachters geworden war, so empfand sie mit der Zeit sogar Zuneigung zu der Mensch-Echse. Chech war der Gelehrigste von allen. Zumindest sah es so aus. Tarni hegte allerdings hin und wieder den Verdacht, daß er sie gerade das empfinden ließ.

Nach zwei Wochen wußte sie definitiv, daß einige Bionten über latente parapsychische Fähigkeiten verfügten. Megg zum Beispiel – er bewegte sich auf einer Vielzahl kurzer Stummelbeine, die an pflanzliche Wurzeln erinnerten, besaß jedoch nur einen einzigen Arm mitten auf der Brust – handelte immer öfter im Sinne der Terranerin und das bevor sie ihre Wünsche laut aussprach.

Tarni hätte Megg als Telepathen eingestuft, wäre nicht jener Tag gewesen, an dem sich die restliche Dschungelkulisse, bislang aus holografischen Projekten und Formenergie bestehend, in Wohlgefallen auflöste und schlagartig der hochtechnisierte Charakter der Halle offenbar wurde. Eine Vielzahl teils exotischer Meß- und Aufzeichnungsgeräte an Stelle von Büschen, Bäumen und Felsen offenbarte, daß die Klone intensiv überwacht worden waren.

Schmerzlich wurde Tarni sich bewußt, daß sie mit allem, was sie tat, nur ihren Gegnern in die Hände arbeitete.

Ein beruhigender Impuls streifte sie. Erst jetzt fiel ihr auf, daß Megg ohne ersichtlichen Grund aufgeschrien hatte – Sekunden bevor die Veränderung erfolgt war. Immer noch versuchte er vergeblich, mit seiner knorrigen Hand alle drei Augen zu bedecken. Auch die anderen Bionten reagierten mit erschreckend gesteigerter Aktivität. Bedurfte es eines besseren Beweises, daß Megg nicht telepathisch veranlagt war, sondern die Gabe der Präkognition beherrschte? Außerdem verstand Tarni endlich, weshalb Camaarden sie als Betreuerin der Bionten ausgewählt hatte. Die Klone reagierten teils apathisch, teils mit Hyperaktivität auf die sichtbare Nähe technischer Gerätschaften, und Roboter waren eben auch High-Tech-Erzeugnisse.

Immer noch empfing Tarni beruhigende Impulse, sie war Chech dankbar dafür. Sie verstand, daß die Bionten um ihre Herkunft wußten und deshalb alle Technik verabscheuten. Trotz ihres plumpen Äußeren – auch das war nur relativ – erwiesen sie sich als äußerst sensible Geschöpfe.

Wenn ich könnte, dachte Tarni, *würde ich euch die Freiheit schenken.*

Wer war wirklich telepathisch veranlagt? So zu funktionieren, wie die Cantaro dies erhofften, war die einzige Chance der Bionten, am Leben zu bleiben. Die Droiden versuchten, Mutanten zu züchten, aber noch gelang es ihnen offensichtlich nicht, parapsychische Fähigkeiten mit unbeeinträchtigtem Zellwachstum zu kombinieren.

Zum Glück, schoß es Tarni durch den Sinn. Sie entsann sich, in einem bibliothekarischen Speicherkristall auf Ermindor Bildberichte über ein sogenanntes ›Mutantenkorps‹ eingesehen zu haben, das zu Beginn der terranischen Weltraumfahrt von Perry Rhodan gegründet worden war und über Jahrhunderte hinweg Erfolgreiches geleistet hatte. Auch im Mutantenkorps waren körperlich mißgestaltete Menschen tätig gewesen. Tarni erinnerte sich an einen doppelköpfigen Menschen und einen Mann mit vergleichsweise riesigem Schädel auf dem Rumpf eines Kindes. Die Namen hatte sie vergessen, sie versuchte gar nicht erst, sie in ihrem Gedächtnis wieder auszugraben.

Wir sollten uns zusammentun, dachte sie noch intensiver. *Nicht als Lehrer und Schüler, sondern gleichberechtigt. Gemeinsam sind wir stärker und könnten uns vielleicht vom Joch der Cantaro befreien.*

Sie zuckte zusammen, als unvermittelt Camaardens Stimme erklang: »Für heute ist es genug, Terranerin, du wirst morgen mit intensiven Tests beginnen. Die Instruktionen erhältst du in deinem Quartier.«

Als der Roboter sie diesmal abholte, wichen die Bionten nicht so weit zurück wie sonst. Begannen sie, ihr Schicksal zu akzeptieren?

Ein Hauch von Wehmut begleitete Tarni wie ein stummer Hilfeschrei der Alleingelassenen. Der langgestreckte Korridor und die stumme Gesellschaft des kegelförmigen Roboters wirkten heute noch kälter als für gewöhnlich. Tarni konnte sich eines leichten Schauders nicht erwehren.

Manchmal hatte sie schon einen flüchtigen Blick in die Labors erhascht. Auch diesmal verließen einige Aras vor ihr einen der Räume. Mit weit ausgreifenden Schritten hastete die Gruppe dem nächsten Antigravschacht entgegen.

Erst als die Männer schon etliche Meter voraus waren, bemerkte Tarni, daß einer der Mediziner ein Kind auf dem Arm trug. Siedendheiß überlief es sie beim Anblick des schulterlangen lockigen Haares. Zum einen war das Mädchen, der Größe nach zu urteilen, um die sechs Jahre alt, zum anderen hatte Tarni plötzlich die alten Familien-Hologramme vor Augen, die sie zusammen mit ihrer Mutter als blond gelockte Sechsjährige zeigten.

Verrückt! schoß es ihr durch den Sinn. *Das bildest du dir ein!*

Trotzdem beschleunigte sie ihre Schritte und versuchte, den Aras zu folgen. Als sie feststellte, daß sie es nicht schaffen konnte, rief sie laut einen Namen: »Tarni!«

In dem Moment, in dem das Mädchen den Kopf hob, verschwanden die Mediziner in dem abwärts gepolten Antigravfeld.

Tarni Perst spürte einen Stich tief in ihrem Herzen. Im ersten Aufwallen der Gefühle wollte sie losrennen, um die kleine Tarni, ihr geklontes Ebenbild, einzuholen, aber ihre Füße waren plötzlich schwer wie Blei. Sie schaffte es nicht, die eigene Furcht zu überwinden.

Seit sie von ihrem Klon erfahren hatte, hatte sie gehofft und zugleich gefürchtet, daß es eines Tages zu dieser Begegnung kommen würde; doch nun war alles ganz anders als in ihrer Vorstellung, fürchterlich nüchtern und – irgendwie unwirklich.

Der Roboter ließ ihr keine Zeit, mit sich selbst ins Reine zu kommen. Erst in ihrem Quartier, nachdem sie die Anweisungen für die nächsten Tage erhalten hatte, brachten alle Emotionen in ihr auf.

Tarni lag lange wach und gab sich ihren Tränen hin. Der Krieg in der Milchstraße hatte sie um ihre Jugend betrogen – nun gab es wieder eine kleine Tarni Perst.

Sie biß die Zähne aufeinander, bis ihre Kiefergelenke schmerzten.

Das Mädchen sollte einen besseren Start ins Leben haben.

»Hilf mir, Tarni! Sie haben Böses mit mir vor!« Der gellende Aufschrei schreckte die Terranerin hoch. Verwirrt starrte sie in die Dunkelheit, bevor die Sensoren mit der üblichen Verzögerung das Licht aktivierten.

»Kind«, murmelte sie schlaftrunken, »bist du hier?« Der Aufschrei hallte noch in ihr nach. Doch sie war allein, hatte nur einmal mehr geträumt.

Stocksteif saß sie auf ihrer Liege. In knapp eineinhalb Stunden würde die Schlafperiode ohnehin enden. Die Cantaro hatten den Tag-Nacht-Rhythmus ihrer Station der Dschungelwelt angepaßt, die sich in knapp 23 Stunden einmal um die eigene Achse drehte.

Wurde sie beobachtet? Tarni hatte ihre Unterkunft mehrfach nach verborgenen Aufnahmegeräten abgesucht, war aber nie fündig geworden. Was keineswegs bedeutete, daß nicht eine Syntronik jede ihrer Bewegungen registrierte und im ungünstigsten Fall sofort Alarm schlug. Immerhin war sie kein Gast der Cantaro, sondern eine Gefangene. Daß sie außerdem zur willigen Handlangerin der Droiden geworden war, empfand sie selbst als besondere Ironie.

Kollaboration nannte man ihre Handlungsweise – ungeachtet der Tatsache, ob sie aus freien Stücken agierte oder gar nicht anders konnte.

Immer stärker wurde der Drang, ihren Klon zu suchen. Vielleicht hatte sie sogar Glück und schaffte es, das Labor unbemerkt zu betreten – doch was dann? Wohin hätte sie mit dem Kind fliehen sollen? Bestimmt nicht hinaus in die Wildnis. Wenn sie die Station jemals verlassen konnte, dann nur mit einem Raumschiff. Aber bislang wußte sie noch nicht einmal, wo der zur Station gehörende Raumhafen lag, und möglicherweise landeten nur hin und wieder einzelne Versorgungsschiffe.

Seit Wochen lebte sie innerhalb der Station und hatte trotzdem erst einen eng begrenzten Teil zu Gesicht bekommen. Das Warten auf eine günstige Gelegenheit, die sich vielleicht nie ergeben würde, war nur Ausrede für fehlende Zivilcourage. Sie wußte, daß sie sich endlich aus dieser Nicht-Fisch-

Nicht-Fleisch-Haltung lösen und ihr Schicksal wirklich in die eigenen Hände nehmen mußte. Wahrscheinlich hatte es erst der flüchtigen Begegnung mit ihrem Klon bedurft, daß Tarni ihr furchtsames Zaudern als solches erkannte.

Sie schwang sich von der Koje und betätigte vergeblich den Öffnungsmechanismus für das Schott. Nichts hatte sich verändert. Sie war nach wie vor eine Gefangene.

Bäuchlings warf Tarni sich wieder auf die Liege und verkrallte die Finger in den Polstern. So lag sie noch, als der Roboter sie für den neuen Arbeitstag abholte.

Vor dem Labor zögerte sie und spielte flüchtig mit dem Gedanken, in den Raum einzudringen. Wenn sie schnell genug war, konnte sie es schaffen.

»Warum bleibst du stehen?«

In Gedanken versunken, zuckte sie zusammen und ging weiter. Ihr fehlte der Mut. »Nur ein Moment der Übelkeit«, ächzte sie. »Es geht schon vorbei.«

Tarni, Kind, ich muß dich wiedersehen! Wir beide haben mit den Cantaro nichts zu schaffen.

Ihre Gedanken drehten sich nur noch um Flucht. Sie hatte sich nie wirklich für Gentechnik interessiert, hatte sie als Zweig der medizinischen Wissenschaften angesehen, die den Galaktikern half, Krankheiten und körperliche Gebrechen zu heilen; doch was auf der Dschungelwelt unter dem Befehl der Cantaro geschah, war die Perversion all dessen. Jeder, der sich daran beteiligte, machte sich mitschuldig. Sie selbst schloß sich von diesen Vorwürfen gar nicht mehr aus.

In Gedanken sah Tarni Perst eine Flotte galaktischer Schiffe, allen voran ein Raumer in Form eines sechseckigen Keils, über der Dschungelwelt. Hundertschaften von Kampfrobotern bahnten sich unter Einsatz schwerer Impulswaffen einen Weg ins Innere der Station. Schutzschirme brachen unter konzentriertem Feuer zusammen, heftige Explosionen rissen riesige Löcher in die Kuppelwandung, und Roboter der Cantaro verglühten, wo immer sie sich den Galaktikern entgegenstellten.

Die ersten Labors wurden erobert, sie waren angefüllt mit

Bruttanks, in denen zuckende Gewebeklumpen schwammen, manche noch so klein, daß sie erst wenige hundert Zellteilungen hinter sich haben konnten, andere in ihrem Äußeren schon an menschliche Zerrbilder erinnernd. Da waren Wesen mit fischartigem Unterleib, gezüchtet für ein Leben auf Wasserwelten, dort lagen klapperdürre Embryos auf künstlich durchbluteten Mutterkuchen, umgeben von giftigen gelben Schwefeldämpfen. »Schießt endlich!« keuchte Tarni. »Erlöst die Klone von ihren Qualen.« Thermostrahlen zerfetzten die Tanks, verdunsteten Nährflüssigkeiten und durchtrennten Versorgungsleitungen. Zellklumpen verbrannten in den expandierenden Glutbällen reagierender Gase zu Asche.

›Deine Gedanken sind voll Haß und Rache, sie töten unschuldiges Leben.‹

Der Spuk verschwand. Aus ihrem Tagtraum fiel Tarni Perst abrupt in die Wirklichkeit zurück. Keineswegs bewaffnete Galaktiker umringten sie, sondern gut ein Dutzend Bionten. Der Roboter hatte sie wie üblich zur Schulungshalle begleitet und ihr den Zugang geöffnet, danach war er verschwunden.

Chech berührte Tarni mit seinen weniger muskulös ausgeprägten Vorderläufen. So nahe wie nie zuvor war ihr sein Gesicht; in den Augen der Mensch-Echse loderte ein verzehrendes Feuer.

»Wir müssen ab heute intensiver arbeiten«, sagte Tarni monoton, ohne darüber nachzudenken. »Nicht mehr nur Sprachtraining und der Versuch, eure Fähigkeiten zu wecken ...«

›Warum weichst du mir aus?‹ Die Worte entstanden unmittelbar in ihren Gedanken, lautlos und auf eine Weise, die sie bisher nicht kennengelernt hatte. Wie ein dumpfes Echo hallten sie in ihr nach.

»Chech?« fragte sie verblüfft. »Machst du das?«

Das Maggas-Gesicht lächelte. ›Schweig besser, Tarni. Die Droiden sollen nicht erfahren, was wir miteinander zu reden haben.‹

»Aber wieso ...?« Chech war Telepath, bis eben hatte sie es nicht geahnt. Das war ein Umstand, der manches verändern konnte. »Sind alle versammelt?« fragte sie schnell, um irgend etwas Unverfängliches zu sagen.

Seit wann kannst du meine Gedanken lesen? fügte sie lautlos hinzu.

Chech antwortete mit einem dumpfen Lachen. ›Seit einigen Tagen, Terranerin, seit die Maschinen sichtbar wurden. Vorher waren da immer nur Bruchstücke von Empfindungen.‹

Die Konfrontation mit der Technik hat sich wie ein Katalysator auf euch ausgewirkt.

›So wird es wohl gewesen sein. – Aber vor allem deine Nähe gab den Anstoß. Du bist anders als wir, das hat uns verleitet, in deine Gefühlswelt einzudringen. Maschinen hätten nicht diese Herausforderung bedeutet.‹

Die äußere Wand löste sich einfach auf. Tarni roch die dampfende, schwüle Luft des Dschungels, ein mit betäubenden Düften angereichertes Treibhausklima. Obwohl sie gewußt hatte, was geschehen würde, reagierte sie entsetzt. Die Bionten sollten sich in Gefahr bewähren, sie würden gezwungen sein, ihre Kräfte einzusetzen. So hatte es der Roboter gesagt.

Ein schlangenartiges Reptil überquerte die Grenze, die bislang von einem Schirmfeld und einer massiven Wand aus Formenergie gebildet worden war.

Kordd, dürr, zweiköpfig und mehr als zwei Meter fünfzig groß, warf sich mit einem gellenden Schrei auf das Reptil und versuchte, dessen ungeschützte Bauchseite aufzuschlitzen.

Ein Schwarm bunt schillernder faustgroßer Insekten ließ sich währenddessen auf einem der Aggregatblöcke nahe dem Wanddurchbruch nieder. Auch die ersten Pflanzen schickten sich an, den vermeintlich neuen Lebensraum zu erobern. Lianen peitschten heran, und Wurzelstränge krochen wie lebende Wesen über den Boden.

Kordd grub die Zähne beider Schädel in die ungeschützte

Bauchseite der Schlange. Wie ein wildes Tier schüttelte er seine zuckende Beute und begann, Fleischbrocken herauszureißen.

Erschrocken wich Tarni zurück. Sie würgte krampfhaft. Ihr wurde plötzlich klar, daß Camaarden auch ihren Tod einkalkuliert hatte.

›Wir werden dich beschützen, Tarni Perst.‹

Aber …

›Warum glaubst du, der Tod wäre schrecklich? Für uns bedeutet er die Freiheit vom Joch der Cantaro. Und suchst du nicht auch die Freiheit?‹

Der Dschungel quoll in die Halle wie eine alles verschlingende Masse. Dornenbewehrte Lianen rankten an den Wänden empor, Wegbereiter langsamerer Pflanzenarten. Eine derartige Vitalität hatte Tarni nicht erwartet; in spätestens einer halben Stunde würde der Urwald die Halle gänzlich erobert haben. Aber eigentlich holte er sich nur zurück, was die Cantaro ihm vor einiger Zeit entrissen hatten.

›Die große Stunde der Gen-Techniker.‹ Täuschte Tarni sich, oder lag wirklich Spott in Chechs telepathischer Stimme verborgen? ›Die Droiden werden zu spät begreifen, daß sie dabei nur verlieren können.‹

Tarni achtete kaum auf die lautlosen Worte. Gebannt blickte sie zu den Dornenästen hinauf, die sich anschickten, in die Lüftungskanäle einzudringen.

Auch du machst Fehler, Camaarden. Hoffentlich wird der Dschungel die ganze verfluchte Station verschlingen.

Doch die Cantaro wußten, welche Risiken sie eingehen durften. Das Knistern des Energiefeldes war nicht zu hören, aber Tarni sah die bläulich zuckenden Entladungen, die den Dornenästen das weitere Vordringen verwehrten und sie in verkohlende Strünke verwandelten.

Kordd hatte mittlerweile sein grausiges Mahl beendet. Brüllend richtete er sich auf und schleuderte die kläglichen Reste des Reptils hinaus auf den Waldboden. Im Nu wurde der Kadaver zum Tummelplatz kleineren Getiers.

Blutbesudelt, erweckte Kordd selbst den Eindruck eines

urweltlichen Monstrums. Tarni erschrak, als seine beiden Augenpaare sie fixierten. Doch zugleich traf sie ein beruhigender Impuls Chechs: ›Der Zweiköpfige weiß, was er tut.‹

Der Dschungel eroberte das verlorene Terrain zurück. Lianen tasteten nach Tarnis Beinen, schlangen sich um ihre Unterschenkel und wanden sich höher. Sie war machtlos dagegen, und als eine der Pflanzen auch noch ein Facettenauge ausbildete, war es mit ihrer Selbstbeherrschung vorbei. Die zähe Masse aus üppigem Grün schwappte wie eine beginnende Flut an ihr hoch.

Die wuchtigen Tritte marschierender Kampfroboter näherten sich von allen Seiten.

Tarni versuchte vergeblich, sich gegen die Wurzeln und Tentakel zu behaupten. In ihren Schläfen dröhnte das Blut ... *Die Kampfroboter existierten nur in ihrer Einbildung. Und der Widerhall der donnernden Schritte war nichts als der eigene schmerzhafte Pulsschlag.*

›Halt aus, Terranerin!‹

Dornen stachen in ihre Haut, viele Dutzend winziger Wunden begannen zu bluten, und das Blut wurde von schmalen Blättern aufgesaugt. Aber dann begannen die ersten Lianen sich wieder zu lösen. Rund um Tarni glitten die Pflanzen zurück, ihre zuckende, peitschende Bewegung ebbte nur langsam ab.

Mehrere Aggregatblöcke wirkten inzwischen, als wären sie unter enormer Hitzeeinwirkung geschmolzen. Und noch während Tarni diese Feststellung traf, stieg der Insektenschwarm von einer Maschine auf und hinterließ zähflüssig gewordenes Metall. Zielstrebig stürzten sich die faustgroßen geflügelten Tiere auf das nächste Aggregat.

Kordds beiden Köpfe pendelten auf ihren zerbrechlich wirkenden Schlangenhälsen. Er starrte ebenfalls zu den Insekten hinüber.

Er lenkt sie, durchzuckte es die Terranerin. *Er ist der Telekinet.*

›Er vernichtet die Beobachtungsanlagen‹, erklang Chechs

telepathisches Flüstern. ›Dann werden die Cantaro den Versuch abbrechen.‹

Fürchtet ihr nicht, daß sie euch töten könnten?

›Sie mögen einiges über uns herausgefunden haben, aber längst nicht alles. Sei unbesorgt, Tarni Perst, deine Stunde kommt noch.‹

Wie meinst du das? wollte sie fragen, doch ein durch Mark und Bein gehendes Brüllen hinderte sie daran.

Ein Raubsaurier war zwischen den Bäumen erschienen. Er war mindestens dreieinhalb Meter hoch, bewegte sich aber dennoch mit der Geschmeidigkeit einer Wildkatze. Armlange Krallen und mächtige Reißzähne vervollständigten das Bild eines nicht gerade umgänglichen Zeitgenossen.

Mit weit ausgreifenden Sätzen drang das Monstrum in die Halle ein, seine Klauen zerfetzten den Pflanzenteppich. Der kantige Schädel zuckte vor und schnappte nach einem der Bionten. Tarni glaubte, Knochen splittern zu hören, als der Klon zur Hälfte in dem mächtigen Rachen verschwand.

Alles in ihr schrie danach, sich abzuwenden, doch sie schaffte es nicht einmal, die Augen zu schließen. Deshalb entging ihr auch nicht die Bewegung weiter draußen, noch halb im Dickicht verborgen. Ein zweiter Raubsaurier.

»Kordd!« schrie sie. »Chech! Aufpassen!«

Der Saurier schnellte heran. Sein Artgenosse hatte inzwischen den getöteten Bionten verschlungen und suchte nach einem neuen Opfer. Tarni erstarrte schier, als der Blick der glühenden Augen auf sie fiel. Sie sah den Tod auf sich zukommen, war aber nicht zu der geringsten Bewegung fähig. Wohin hätte sie auch fliehen sollen?

Flammen züngelten aus dem Boden. Ein mehrere Meter breiter Streifen zwischen Tarni und dem Angreifer begann ohne ersichtliche Ursache zu brennen.

Der Saurier hielt inne, sein Schädel zuckte zurück. Unkontrolliert schlugen die Greifarme mit den mächtigen Krallen durch die Luft. Schon ein einziger Hieb konnte einen Menschen töten.

Der zweite Angreifer war heran. Im Sprung prallte er

jedoch gegen eine unsichtbare Wand und wurde zurückgeschleudert.

Sekundenlang wirkte der Raubsaurier benommen, ehe er sich erneut auf die vermeintlichen Opfer stürzte. Diesmal entstand ein Netz verzweigter Entladungen, die Sekundärerscheinungen eines Energieschirms.

Die Flammenwand hatte den anderen Saurier zwar daran gehindert, Tarni zu zerreißen, aber nun wandte er sich wieder den Bionten zu. Ein eher unscheinbares Geschöpf, nicht größer als einen Meter dreißig, mit drei Armen, drei Beinen und blutrotem Fell, zog sich nur zögernd in die Deckung eines der zerstörten Aggregate zurück.

Megg schrie gellend auf: »Such dir eine andere Deckung, Kossar!« Doch das markerschütternde Gebrüll des Raubsauriers ließ seine Warnung ungehört verhallen.

Die Echse schwankte, der kantige Schädel schoß vor, und die kräftigen Kiefer schlossen sich krachend um den Stahl der Maschine. Erneut loderten Flammen auf. Tarni glaubte zu erkennen, daß der rothaarige Kossar dafür verantwortlich war, denn zwischen seinen Händen tanzten irrlichternde Funken.

Weiße Glut hüllte den Saurier ein, dessen Brüllen allmählich erstarb. Es stank intensiv nach verbranntem Fleisch.

Auch Kordd hatte eingegriffen. Zumindest sah es so aus, als lenke er mit den Blicken seiner beiden Köpfe den Insektenschwarm. Wie auf ein geheimes Kommando hin stürzten die geflügelten Tiere sich auf den Saurier.

Der Ansturm brachte den Koloß endgültig ins Wanken. Tierische Beißzangen, die Stahl zerstörten, durchdrangen auch jede Hornpanzerung.

Als der Koloß stürzte, begrub er die Überreste des Aggregatblocks unter sich. Kossar schaffte es nicht mehr, sich schnell genug aus der Gefahrenzone zu bringen. Ehe Kordd mit seinen telekinetischen Kräften eingreifen konnte, wurde das kleine rothaarige Wesen von den mächtigen Klauen aufgespießt. Augenblicke später erloschen die letzten Flammen.

Die Trauer der Bionten war deutlich zu spüren. Stumm

versammelten sie sich vor dem immer noch zuckenden Koloß.

Abgesehen von dem Insektenschwarm war die Gefahr vorüber. Der Schutzschirm hielt weitere Angreifer fern und hatte die vielfältigen Pflanzen gekappt. Die Lianen welkten sehr schnell.

»Was geschieht nun?« fragte Tarni laut.

»Wir wissen es nicht«, antwortete Chech.

»Ich bedauere, was vorgefallen ist.«

›Du hättest nichts ändern können, Tarni Perst.‹ Die Maggas-Echse benutzte wieder ihre telepathischen Fähigkeiten. ›Wir haben aus den Vorfällen gelernt, daß wir kämpfen müssen; kämpfen, um zu überleben.‹

Was können wir tun, Chech? Ich will nicht länger williges Werkzeug der Droiden sein.

›Mach das, was du in Gedanken längst vollzogen hast. Wo sind die Kampfroboter und die Raumsoldaten, Terranerin?‹

Tarni holte tief Luft. Das waren Träume, die sich nie verwirklichen ließen – angenehme Vorstellungen, die sie brauchte, um die andersgeartete Realität zu ertragen.

›Mitunter werden Träume Wahrheit‹ drängte die Maggas-Echse. ›Aus deinen Erinnerungen weiß ich, daß es die Widder gibt. Biete den Cantaro Schach‹.

»Schach«, murmelte Tarni, biß sich aber sofort auf die Zunge. *Ein Spiel mit unzähligen Varianten und Winkelzügen,* fügte sie in Gedanken hinzu.

Chech lachte leise. »Eben, Terranerin. Darüber solltest du nachdenken.«

6.

Zigtausende winziger Ameisen bevölkerten ihren Magen und erzeugten ein unaufhörlich stärker werdendes Kribbeln, das Tarni Perst seit ihrer Kindheit nicht mehr kannte – eine Mischung aus Furcht und angespannter

Erwartung, eine innere Unruhe, die sich durch nichts vertreiben ließ.

In ihren Adern stockte das Blut. Sie kannte diese Erwartungsangst. Wie damals, als sie sich nichts sehnlicher gewünscht hatte als das Raumfahrtset mit dem Modell der CIMARRON. Sogar als sie das Geschenk schon in Händen gehalten und hastig mit dem Auspacken begonnen hatte, wäre sie am liebsten davongelaufen, weil sie die innere Anspannung nicht mehr ausgehalten hatte.

Diesmal fand Tarni erneut keine Ruhe. Immer noch glaubte sie das Brüllen der Raubsaurier zu hören, sah die sterbenden Bionten vor sich. Gen-Müll nannten die Cantaro alle mißgestalteten Klone, doch diese Kreaturen waren menschlicher als ihre Schöpfer, egal ob Aras, terranische Gentechniker oder die Cantaro selbst.

In Tarni brodelte ein Vulkan. Sie war wütend auf sich selbst. Weil sie schon viel zu lange ein williger Handlanger der Droiden war. Und weil sie es bisher nicht geschafft hatte, sich aus diesem Teufelskreis zu lösen. Was half es, mit dem Schicksal zu hadern, sich in Gedanken als Heldin zu sehen, doch diesen Gedanken nie Taten folgen zu lassen? Während eines Fluchtversuchs zu sterben war allemal besser, als sich mit jedem neuen Tag neu zu belügen.

Mit zornigem Blick schaute Tarni um sich. Aber sie fand nichts, was sich als Wurfgeschoß hätte mißbrauchen lassen.

›Beruhige dich, Tarni Perst. Ein Wutausbruch hilft dir nicht weiter.‹

Sie hatte das Schott angestarrt und die Fäuste geballt; als sie die wispernde Stimme vernahm, wirbelte sie auf dem Absatz herum. Doch da war niemand.

Tarni schluckte krampfhaft. »Wer ...?« stieß sie hervor, unterbrach sich aber sofort. *Bist du das, Chech?* fügte sie lautlos hinzu. Vermutlich hatte sie sich die Stimme nur eingebildet. Bisher war eine telepathische Verständigung mit der Maggas-Echse nur auf kurze Distanz möglich gewesen, auf Sichtweite sozusagen.

›Laß dir nichts anmerken, Terranerin. Das könnte unseren Plan gefährden.‹

Welchen Plan?

›Versuch zuerst einige Stunden zu schlafen.‹

Tarni war irritiert und neugierig zugleich. Ohne sich dessen richtig bewußt zu werden, setzte sie sich auf die Liege. Aber schon im nächsten Moment schoß sie wie von der Tarantel gebissen wieder hoch. Trotzig schob sie das Kinn nach vorne, hämmerte mit der zur Faust geballten rechten Hand in die geöffnete Linke.

›Du bist ungeduldig, Terranerin. Das ist nicht gut.‹

»Sag schon ...« Tarni biß sich auf die Zunge, wütend auf sich selbst, daß sie so schwer lernte, auf das gesprochene Wort zu verzichten. *Was hast du vor?*

›Du suchst die Freiheit, Tarni Perst.‹

Sie hielt kurz inne, preßte beide Fäuste gegen ihre Lippen. Vor ihrem inneren Auge erschienen schon wieder marschierende Kampfroboter und Raumlandetruppen, die sich ihren Weg durch die Gen-Fabrik bahnten.

›Wir werden dir die Freiheit verschaffen.‹

Wieso ausgerechnet mir? Und überhaupt ... Ihr erschien es unmöglich, die Station zu verlassen. Das zarte Pflänzchen Hoffnung, eben in frischem Grün sprießend, begann sofort wieder zu welken.

›Vertraue mir, Tarni Perst.‹

Warum sagte Chech das? Hatte er Grund zu der Annahme, sie könnte ihm mißtrauen? Tarni schüttelte den Kopf.

Mir geht alles plötzlich zu schnell. Ich hatte noch nicht damit gerechnet, daß ich ... daß ... Es war verrückt. Seit Wochen hoffte sie auf Rettung, aber jäh damit konfrontiert, schreckte sie zurück. Stand sie schon so sehr unter dem Einfluß der Cantaro, daß sie ihre eigenen Ziele vergaß? Hauptsache, jeden Tag genug zu essen und ein sicheres Dach über dem Kopf?

Vergeblich wartete sie auf eine Antwort.

Chech, was ist geschehen? Warum höre ich nichts mehr?

Ihre gedanklichen Rufe verhallten. Andererseits steigerte sich ihre Erregung mit jeder Minute, die ereignislos verstrich. Ungeduldig begann sie auf und ab zu gehen. Sie schwitzte, blieb vor dem Öffnungsmechanismus stehen. Nichts geschah, als sie die Kontaktplatte berührte. Sie schlug mit den flachen Händen gegen das Schott. Zurück blieben nur ihre feuchten Abdrücke. Dann rutschte sie langsam zu Boden. Mit dem Rücken an den Schottrahmen gelehnt, wartete sie.

»Schach«, murmelte Tarni und achtete eine Weile nur auf ihre gleichmäßigen Atemzüge. *Eigentlich wäre ich am Zug, Camaarden, aber es wird kein Dameopfer geben.*

Irgendwann mußte sie eingeschlafen sein. Jedenfalls erinnerte sie sich später an einen vagen Traum, in dem die Figuren eines 3-D-Schachs vertraute Züge angenommen hatten: Bionten, Cantaro und Aras.

Sie erwachte von einem leisen Geräusch. Die Ruheperiode war inzwischen angebrochen.

Das Geräusch – ein feines Knacken, als würden nacheinander mehrere altmodische Schalter umgelegt – wiederholte sich.

Das Knacken kam aus der Wand. Instinktiv streckte Tarni die Hand nach dem Öffnungsmechanismus aus.

›Warte, Terranerin!‹

Chech, warum hast du dich nicht mehr gemeldet? Was ist geschehen?

›Du wirst Becknamborr verlassen.‹

Tarni hörte den Namen Becknamborr zum erstenmal, doch damit konnte nur die Dschungelwelt gemeint sein. Immer noch ging ihr alles viel zu schnell und war schwer zu begreifen. Eine Falle der Cantaro?

›Wenn du das wirklich glaubst, Terranerin, entscheide selbst. Dann tut es mir leid, deinen Schlaf gestört zu haben.‹

Nein, warte, Chech!

Warum zögerte sie? Jeder andere an ihrer Stelle wäre in Jubel ausgebrochen. In Situationen wie dieser stellte man keine Forderungen, sondern griff nach dem ersten sich bietenden Strohhalm. Sie hatte herzlich wenig zu verlieren.

Was muß ich tun?

›Kehre mit den Widdern zurück und befreie uns und alle anderen Klone. Oder ist das zuviel verlangt? – Und wenn die Menschen uns nicht haben wollen, weil sie unser Aussehen nicht ertragen, dann gebt uns eine Welt, auf der wir leben können, ohne anderen zur Last zu fallen.‹

Das Knacken in der Wand verstummte. Die Kontaktplatte schimmerte silbern, danach wurde sie matt. Der Mechanismus war außer Kraft gesetzt.

Hoffentlich schlägt kein Syntron Alarm.

›Kordd ist kein Stümper. Wir haben unsere Informationen aus den Köpfen mehrerer Aras.‹

Tarni begann, das schwere Schott zur Seite zu schieben. Mit beiden Händen stemmte sie sich dagegen.

›Kordd hilft dir.‹

Er soll seine Kräfte schonen, widersprach sie heftig. *Das hier schaffe ich ebensogut allein.*

Kaum war der Durchschlupf breit genug, zwängte Tarni sich auf den Korridor hinaus. Niemand war zu sehen. Es schien tatsächlich so, daß während der Nachtperiode auch die Arbeiten in der Station ruhten.

Instinktiv wandte sie sich in die Richtung, in die sie stets gegangen war. Erst nach der nächsten Biegung wurde ihr das bewußt. Ein beruhigender Impuls der Maggas-Echse traf sie.

Wo finde ich euch?

›Wir können dich nicht begleiten, Tarni Perst. Noch nicht.‹

Sie verstand. Wenn es ihr wirklich gelang, Becknamborr zu verlassen, würde sie mit Hilfe zurückkehren. Das war sie den Bionten schuldig. *Ich vergesse euch nicht,* versprach sie und begann zu laufen.

Ein drängender Impuls traf sie. Schmerzhaft beinahe. Sie torkelte gegen die Wand. Eine Nische – eng preßte sie sich hinein, weil Chech es so wollte. Der eigene Pulsschlag dröhnte in ihren Ohren und sie fürchtete, daß er weithin zu hören sein mußte.

Stimmen wurden laut. Vor Aufregung verstand Tarni kaum etwas von der in Interkosmo geführten Unterhaltung.

Drei oder vier Personen näherten sich, sie mußten aus einem der Labors gekommen sein.

›Sie haben dich nicht bemerkt, Terranerin.‹

Tarni wünschte sich in dem Moment, unsichtbar zu sein. Höchstens noch drei oder vier Meter trennten sie von den Näherkommenden. Sie hielt den Atem an und quetschte sich tiefer in die Nische ... Ein Klirren zerriß die nächtliche Stille. Unmittelbar darauf ein anhaltendes Scheppern. Tarni hatte den Eindruck, daß es aus einem der Labors kam.

Die Männer waren schon beim ersten Laut stehengeblieben – so nahe, daß Tarni, ohne den Kopf zu drehen, den Rücken eines Aras sehen konnte. Falls er den Geräuschen keine Bedeutung beimaß und sich wieder umwandte, mußte er sie unweigerlich entdecken.

›Kordd tut sein Bestes‹, vernahm Tarni in Gedanken.

Erneutes Klirren, lauter diesmal. Der Ara verschwand aus Tarnis Blickfeld. Licht aus einem der Labors überstrahlte vorübergehend die Nachtbeleuchtung des Korridors. Augenblicke später kehrte Stille ein.

Tarni lief sofort los. Zwanzig Meter bis zur nächsten Biegung ... *Und wohin dann? Wie habt ihr es überhaupt geschafft, die Aras abzulenken?*

Chechs telepathische Stimme klang amüsiert. ›Kordd hat ein wenig für Unordnung gesorgt und etliche Zuchtbehälter zerstört. Er bekommt seine telekinetischen Kräfte zunehmend besser in den Griff.‹

Wie kann ich diese Welt verlassen, Chech? Ich frage mich, wohin ich laufe.

›Weiß du das nicht schon längst?‹

Die Biegung lag hinter ihr. Der Korridor führte nun geradewegs zur Halle der Bionten. Zu beiden Seiten lagen weitere Labors.

Unvermittelt hielt Tarni inne und wandte sich einem der geschlossenen Schotten zu. Hier hatte sie das Mädchen gesehen, das bis in die Haarwurzeln ihr Ebenbild war. Endlich wurde ihr klar, weshalb sie alle Gedanken an Flucht immer verdrängt hatte. Sie durfte das Mädchen nicht in der Gewalt der Cantaro zurücklassen. Wie ein Dieb hätte sie sich gefühlt, der sich bei Nacht und Nebel davonschlich. Ob sie es wollte oder nicht, sie trug die Verantwortung für das Kind, dem sie näher stand als einem eineiigen Zwilling. Klein-Tarni war im wahrsten Sinne des Wortes ihr eigen Fleisch und Blut, war aus ihren Erbinformationen *gezüchtet* worden.

Ein schreckliches Wort. Eine Gesellschaft, die Menschen ›züchtete‹, war in Tarnis Augen verdorben und schickte sich an, sich mit Gott gleichzustellen. Eines Tages würden die eigenen Vergehen sie dahinraffen.

›Warum gehst du nicht hinein, Tarni Perst?‹

Ihr wißt ... ?

›Vielleicht kennen wir dich besser als du dich selbst‹, unterbrach die Maggas-Echse den Einwand. ›Geh, aber beeile dich. Dir bleibt nicht sehr viel Zeit, bis das Raumschiff startet. – Kordd hat den Öffnungsmechanismus des Schottes zerstört, und ich nehme keine Gedanken von Gen-Technikern wahr. Du bist allein, Tarni Perst.‹

Und mein Klon? wollte sie fragen, doch das war nur ein flüchtiger Gedanke, der sofort wieder verwehte. Mit durchaus gemischten Gefühlen betrat sie das Labor.

Sie spürte, daß das Mädchen nicht weit entfernt sein konnte. Für einen Moment hielt Tarni Perst inne und lauschte dem gepreßten Klang ihrer eigenen Atemzüge.

Das Labor war größer, als sie gedacht hatte, und es lag in völliger Finsternis. Das heißt, sie sah ein schwaches rötliches Glimmen, die Wärmestrahlung, unter der Zellkulturen gediehen. Gläserne Kästen, zu Dutzenden hintereinander, Brutstätten neuen Lebens. Mit einem heftigen Kopfschütteln verscheuchte Tarni die beginnende Beklemmung.

Das Labor war keine geeignete Umgebung für ein Kind. Tarni hatte den Ruf nach ihrer Tochter schon auf den Lippen, verbiß ihn sich aber.

›Die Cantaro sollen keine Gelegenheit bekommen, dich

mit Klein-Tarni zu erpressen‹, meldete Chech sich unvermittelt. Der Telepath brachte ihre verborgensten Gedanken an die Oberfläche.

Wo ist sie? fragte Tarni schnell.

›Ganz in deiner Nähe. Ich spüre, daß sie schläft.‹

Ohne ihr Zutun flammte Licht auf, Tarni ahnte, daß Kordd mit seinen telekinetischen Kräften dafür verantwortlich war. Sie hatte keine Ahnung, wie er das schaffte, hatte bisher immer geglaubt, daß Telekinese nur im direkten Blickkontakt möglich war.

›Ich lese in deinen Gedanken und gebe sie an Kordd weiter‹, erklärte Chech. ›Nein, du brauchst keine Angst zu haben, das Schott ist verriegelt. Beeil dich trotzdem.‹

Ihr Weg führte vorbei an Aufzuchtbehältern, in denen Zellklumpen unter den verschiedensten Bedingungen heranwuchsen. Der sterile, hochtechnisierte Eindruck war vorherrschend. Tarni biß die Zähne aufeinander, bis ihre Kiefergelenke knackten. Vorübergehend wurde der Wunsch in ihr übermächtig, all das zu zerstören. Aber dann dachte sie wieder an die kleine Tarni und daran, daß ihr vielleicht nicht mehr viel Zeit blieb, wenn sie Becknamborr verlassen wollte. Sie durfte die Bionten nicht enttäuschen.

Eine Bildschirmgalerie, einige Monitore noch aktiviert, aus Gründen, die Tarni nur vermuten konnte. Holografisch dargestelltes Zellwachstum, Vergleich von Soll- und Ist-Zuständen. Keine Abweichung erkennbar.

Das Labor weitete sich zu einem Maschinenpark, aber Tarni achtete schon nicht mehr darauf. Der leisen Stimme der Maggas-Echse folgend, stieß sie auf einen flirrenden Energievorhang. Ein einfacher Sensor brachte die undurchdringliche Wand zum Erlöschen.

Der Raum dahinter war klein. Einige Regale, ein frei schwebender Tisch – beides mit undefinierbarem Spielzeug überhäuft –, dazu zwei Stühle und eine einfache Liege.

Obwohl die Terranerin darauf gefaßt gewesen war, zuckte sie jäh zusammen. Vor ihr lag das Mädchen, mit angezogenen Knien wie ein Embryo und die Hände unter dem Kopf verschränkt. Klein-Tarni lächelte im Schlaf, die Lippen bewegten sich lautlos.

Leise trat Tarni näher, dann ließ sie sich in die Hocke nieder und strich sanft über das schulterlange lockige Haar. Mit den Fingerspitzen berührte sie die Wangen und spürte den leichten Atemhauch. Trotz einer drängender werdenden Unruhe, die Chech ihr vermittelte, spitzte sie die Lippen zu einem angedeuteten Kuß.

»Ich werde dich nach meiner Mutter Amica nennen«, flüsterte sie. »Mum hätte sich bestimmt gefreut, dich zu sehen.«

Irgend etwas zwang sie, sich umzuwenden. War es die Ahnung einer Gefahr, oder hatte sie ein verhaltenes Rascheln vernommen? Sie wußte es selbst nicht zu sagen. Jedenfalls ließ sie sich in dem Moment zur Seite fallen, in dem ein Tentakelarm nach ihr griff.

Ob der Roboter ihr gefolgt war oder sich von Anfang an in dem Zimmer befunden hatte, wußte Tarni nicht. Es handelte sich um eine zweckmäßige zylinderförmige Konstruktion, die auf einem Antigravfeld schwebte. Unterschiedlich lange und mit verschiedenen Werkzeugen ausgestattete Arme bewiesen die variable Einsatzmöglichkeit.

Eine kräftige Greifklaue schloß sich um Tarnis Oberarm, bevor sie wieder auf die Beine kommen konnte. Der Griff war hart genug, ihr beim geringsten Widerstand die Knochen zu brechen.

Tarni stöhnte gequält. Der Roboter zerrte sie hoch und schwebte mit ihr zum Ausgang. Seine anderen Arme begannen plötzlich zu zucken, dann drehte er sich. Tarni wurde gegen die Wand gedrückt, krachte mit den Knien gegen eine Konsole und landete auf der Tischplatte. Vergeblich versuchte sie, sich abzufangen, doch der eigene Schwung war zu groß: Sie wurde über die Platte hinausgewirbelt und polterte mitsamt dem Stuhl zu Boden.

Halb benommen, sah sie den Roboter kreiseln. In torkelnden Bewegungen prallte er gegen den Durchgang, ein Tentakelarm wurde abgerissen, gleich darauf ein zweiter. Funken sprühten aus den Armstümpfen.

Kaum länger als zehn oder fünfzehn Sekunden dauerte der Spuk, und Tarni fand nicht einmal Zeit, für Kordds Eingreifen zu danken ...

›Ich erkenne deine Gedanken in dem Moment, in dem sie entstehen.‹

... und sie wollte sich aufrichten und sah gleichzeitig einen Schatten durch den Raum hasten.

»Nicht davonlaufen, Kind!« rief sie. »Um Himmelswillen, nein!«

Das Mädchen konnte ohnehin nicht weiter, weil der immer noch funkensprühende Torso des Roboters den Durchgang versperrte. Furchtsam wich es einige Schritte zurück.

»Hab' keine Angst!« sagte die Terranerin. »Ich bin hier, um dir zu helfen.«

Aus weit aufgerissenen Augen starrte das Mädchen abwechselnd auf das Roboterwrack und auf Tarni.

»Verstehst du mich?« fragte Tarni. »Ich will mit dir fortgehen. Das willst du doch auch, oder?«

Ein zaghaftes Nicken, ein verhaltenes Zucken der kindlichen Mundwinkel. Ohne sich umzuwenden, tastete sie die Wand hinter sich ab und suchte offenbar nach einer Möglichkeit, schnell davonzulaufen.

»Hast du einen Namen – Nein? Wie gefällt dir Amica? Deine Großmutter hat so geheißen. Ich nenne dich Amica. Einverstanden?«

Bei jedem Wort waren die Augen des Mädchens größer geworden. Dunkel wie zwei unergründliche Bergseen beherrschten sie das Engelsgesicht. Dazu bewegten sich die Lippen. »A-m-i-c-a« formten sie lautlos. Gleich darauf, hastig hervorgestoßen: »Wer bist du?«

»Ich bin Tarni, deine Mutter.«

War sie zu voreilig gewesen, zu unüberlegt? Amicas Lächeln wurde zur Grimasse, als das Mädchen heftig den Kopf schüttelte.

»Was du noch nicht verstehst, werde ich dir später erklären.« Tarni ging auf das Mädchen zu und streckte ihm die

Arme entgegen. Amica zögerte zwar kurz, ergriff dann aber beide Hände und drückte sie fest.

›Das Kind wird mit dir gehen – ich spüre es, auch wenn ich seine Gedanken nicht richtig erfassen kann.‹

Danke, Chech.

»Tarni«, Amica zerrte plötzlich an ihr, »ich zeige dir viele. Hilf ihnen.«

»Viele was?« Aber Amica gab keine Antwort mehr. Ungeduldig drängte sie in das Labor zurück. Tarni nahm sie in den Arm und hob sie über das Roboterwrack hinweg. Einzelne Greifwerkzeuge lagen weit verstreut. Einen etwa unterarmlangen scharfkantigen Metallsplitter nahm die Terranerin an sich. Eine Strahlwaffe wäre ihr lieber gewesen, doch auch so fühlte sie sich nicht mehr völlig hilflos. Wie lange Kordd ihr noch beistehen konnte, wußte sie nicht. Irgendwann würde sich seine telekinetische Reichweite als zu gering erweisen, oder seine Kräfte erlahmten.

Amica zog sie hinter sich her in einen Bereich des Labors, den sie noch nicht betreten hatte. Das Mädchen deutete auf eine Reihe größerer Brutkästen.

»Da drin.«

Tarni brauchte keine Hellseherin zu sein, um zu ahnen, daß sie Klonzüchtungen sehen würde, doch daß sie plötzlich vor weiteren eigenen Ebenbildern stand, versetzte ihr einen ziemlichen Schlag.

Vierzehn Embryos zählte sie, in verschiedenen Entwicklungsstadien. Die kleineren waren gerade so groß wie ihr Daumen, aber schon voll ausgebildet. In Nährlösungen schwimmend, würden sie vermutlich rasch wachsen. Eine Ähnlichkeit war in den winzigen Gesichtern noch nicht zu erkennen – erst die größeren Föten sahen aus wie Tarni Perst.

»Oh mein Gott«, stöhnte Tarni. Sie mußte an sich halten, um nicht laut aufzuschreien. Jedes der Wesen, die da heranwuchsen, wies Veränderungen oder Deformationen auf. Die Cantaro, die Aras oder wer immer hatten mit ihnen experimentiert. Einer der Föten besaß einen wurmartigen aufgequollenen Leib und ein Dutzend winziger Gliedmaßen, ein anderer verfügte über Arme wie ein Haluter, und der am schlimmsten entstellte wies Erbmaterial eines Blues auf, was vor allem die flache Kopfform betraf. Tarni mußte sich dazu zwingen, das nahezu ausgereifte Kind anzusehen.

»Hilfst du ihnen?« fragte Amica hoffnungsvoll. »Sie dürfen nicht leben.«

Jedes Wort war wie ein Stich ins Herz. Vor allem aus dem Mund eines sechsjährigen Mädchens klangen sie unbegreiflich. Aber Amica wirkte reifer und erfahrener, wahrscheinlich hatte der tägliche Umgang mit den Gen-Technikern sie geprägt.

»Sie sind meine Schwestern und Brüder, aber sie sind nur Versuchsobjekte. Ich habe gehört, was mit ihnen geschehen soll.«

Bring sie um, Kordd! Zerstöre die Behälter!

Vergeblich wartete Tarni darauf, daß das Glas zerplatzte. Die Klone bewegten sich, schienen zu spüren, daß sie ihnen nicht wohlgesonnen war. Ohne länger zu zögern, rammte sie den Metalldorn gegen einen der Behälter. Das Glas splitterte zwar, hielt aber immer noch stand. Erst ein zweiter, beidhändig und mit aller Kraft geführter Stoß ließ die Wandung aufbrechen.

Amica zerrte inzwischen an den Versorgungsleitungen und riß einige von ihnen aus den Behältern.

›Beeilt euch! Lange können wir die Cantaro nicht mehr hinhalten.‹

Ein zweiter Brutkasten zersplitterte, gleich darauf der nächste. Tarni wußte jetzt, wie sie zuschlagen mußte, und Amica kappte ganze Bündel von Zuleitungen. Im nächsten Moment erstarrte sie schier.

Tarni glaubte, ihren Augen nicht mehr trauen zu dürfen. Da war ein zweites Mädchen, etwas kleiner als Amica, aber unverkennbar ebenfalls ein Klon mit denselben genetischen Anlagen. Es hatte Amica von hinten angesprungen und würgte sie mit beiden Händen.

Tarni griff ein, bevor Schlimmeres geschehen konnte, aber

sie hatte Mühe, die kleine Angreiferin zu bändigen, die mit Armen und Beinen um sich schlug.

»Hör auf damit!« stieß sie wütend hervor. Wie viele Klone von ihr existierten eigentlich? Sich selbst gegenüberzustehen, noch dazu in verschiedenen Altersstufen, das war nur schwer zu verarbeiten. Zumindest wies dieses zweite Mädchen keine körperlichen Veränderungen auf.

Amica war bleich geworden. Sie massierte sich den Hals und starrte ihr Ebenbild haßerfüllt an.

»Sie ist nicht wie wir, Tarni, sie ...«

Weit wölbte sich das Kinn des Mädchens nach vorne, als würde sich der gesamte Unterkiefer verschieben. Ehe Tarni es sich versah, schnellte ihr eine blutrote, gespaltene Zunge entgegen. Ein gräßliches Zischen erklang. Zugleich spürte die Terranerin, daß sie von einem Schwall Flüssigkeit getroffen wurde, den das Mädchen ausgespien hatte.

Die Nässe brannte wie Säure auf ihrer Haut. Tarni konnte von Glück reden, daß sie das Zeug nicht in die Augen bekommen hatte. In einer instinktiv abwehrenden Bewegung stieß sie mit dem Metalldorn zu, als wolle sie die Angreiferin durchbohren. Erst im allerletzten Moment gab sie der Spitze eine andere Richtung und zerrte das Mädchen so herum, daß es sie nicht erneut anspucken konnte.

Sie mußte sich zusammenreißen, um nicht laut loszubrüllen. Immer noch war der Unterkiefer des Mädchens unförmig verschoben, pendelte die Schlangenzunge hin und her. Alles in Tarni drängte danach, dem Schrecken ein Ende zu machen. Doch sie konnte es nicht. Es war ein Unterschied, die Brutkästen zu zerstören und damit eine verhängnisvolle Entwicklung zu stoppen – oder Leben zu töten, das sich seiner Existenz längst bewußt war.

»Ich kann es nicht«, stöhnte Tarni, als sie den auffordernden Blick Amicas bemerkte. »Die Kleine ist auch nur ein Opfer der Experimente.«

Sie versetzte dem Schlangenmädchen einen Stoß, der es einige Meter weit taumeln ließ. »Ob ich es wahrhaben will oder nicht«, ächzte sie, »du bist genauso mein Kind wie

Amica. Aber du gehörst nicht in meine Welt. Ich wünsche dir ein gnädiges Schicksal.«

Das Letzte, was sie von dem Klon sah, war, daß sich die vorgewölbte Gesichtspartie zurückbildete. Aber immer noch zischelte die gräßliche Schlangenzunge.

Tarni Perst hatte gehofft, in einer besseren Welt als der des Jahres 476 NGZ wieder aufzuwachen. Längst hatte sie erkannt, daß die Zukunft noch schwärzer geworden war. Welchen Wert hatte ein Leben heute? Es war Rohstoff für Experimente wahnsinniger Droiden, die mit ihren eigenen Körpern nicht zufrieden waren und sie mit Implantaten optimierten. Unwillkürlich schreckte Tarni vor der Vorstellung zurück, wie es auf anderen Welten aussehen mochte. Bestimmten Kälte und Gefühllosigkeit inzwischen überall den Tagesablauf? Der Gedanke war nicht dazu angetan, neue Hoffnungen zu wecken.

Vor dem Labor hatte ein Kampf stattgefunden. Es sah aus, als hätten mehrere Roboter sich gegenseitig ausgelöscht. Decke und Wände zeigten die Spuren schwerer Impulsschüsse, das Material war teilweise geschmolzen und blasenwerfend wieder erstarrt. Mehrere ausgeglühte Wracks lagen dicht beeinander.

Die Sehzellen eines halb zerflossenen Schädels starrten Tarni durchdringend an.

Deshalb hatte Chech nicht geantwortet und Kordd im Labor nicht telekinetisch eingegriffen. Die Bionten hatten alles getan, das Unheil von ihr fernzuhalten.

Danke! dachte sie. *Ich wünschte, es gäbe mehr, die so denken und handeln wie ihr.*

›Beeil dich!‹ In der stummen Antwort der Maggas-Echse schwang fast ein wenig Verlegenheit mit. ›Der Roboter im Labor hat Alarm ausgelöst. Bald wird es hier von Aras und Hilfskräften wimmeln.‹

Tarni nahm die kleine Amica auf den Arm und hastete weiter. Sie folgte Chechs Anweisungen, ohne darüber nachzudenken, ließ sich einfach treiben.

Nach wenigen hundert Metern verließen sie den Labortrakt. Der Korridor mündete in einen Antigravschacht, in dem auch sperrige Lasten transportiert werden konnten. Tarni vertraute sich mit Amica dem nach oben gepolten Feld an und verließ den Schacht zwei Etagen höher.

Die spürbare Enge des Forschungsbereichs wich einer großzügigen, offenen Bauweise. Zum Teil gewann Tarni aber auch den Eindruck, daß die Fertigstellung der Station noch nicht weit genug vorangetrieben worden war. Manches wirkte durchaus provisorisch, als hätten die Cantaro sich nicht dazu durchringen können, wirklich für längere Zeit auf Becknamborr zu verweilen.

Container stapelten sich vor einer Antigrav-Verladestation. Breite Laufbänder dienten dazu, sie ohne weiteren Aufwand tiefer in die Station zu transportieren. Einige der Behälter trugen terranische Schriftzeichen, die sie als Eigentum der Kosmischen Hanse kennzeichneten und Olymp als ihre Heimatwelt auswiesen. Die übrigen gehörten einer Springer-Sippe.

Diskusförmige Roboter mit einem umlaufenden Gliederkranz hielten den Verladebetrieb aufrecht. Bei ihrem Anblick zuckte Tarni heftig zusammen, aber sofort vernahm sie Chechs beruhigende Impulse. Die Maggas-Echse ließ sie wissen, daß keine Lebewesen in ihrer Nähe weilten.

Tarni und Amica, die das alles immer mehr als großes Abenteuer zu empfinden schien, wichen der Verladestation aus. Sie registrierten gerade noch, daß große Automatschweber weitere Containerladungen brachten.

›Das Schiff ist entladen‹, meldete Chech. ›Inzwischen wird bereits die Fracht von Becknamborr übernommen, und in spätestens zwei Stunden erfolgt der Start.‹

Welches Schiff?

›Die MOGHUIRA I, ein Springer-Frachter.‹

Tarnis Eindruck von Unfertigkeit verstärkte sich noch, als sie die mächtigen Speicherbänke und Energieerzeuger passierte, die offensichtlich einzig und allein der Versorgung der Station dienten. In ihren Augen mutete die Anlage gigantisch an, und die deutlich spürbaren Vibrationen des Bodens verstärkten diesen Eindruck, andererseits hatte sie bisher nur das veraltete NUGAS-Kraftwerk der PEACE-LOVING II kennengelernt, das sich im Vergleich geradezu armselig ausnahm.

»Tarni«, Amica blieb unvermittelt stehen und schaute zu ihr auf, »müssen wir noch weit laufen?«

»Nicht sehr weit, glaube ich.«

»Mir tun die Beine weh. Ich ... ich kann nicht mehr.« Das Mädchen stolperte über die eigenen Füße. Vielleicht war die Aufregung daran schuld, vielleicht war die Kleine wirklich nicht gewohnt, mehr als ein paar Meter zu gehen. Tarni lud sie sich auf die Schulter.

»Aber verhalte dich ruhig, sonst wirst du mir zu schwer.«

Weiterhin hielt sie sich in unmittelbarer Nähe der mächtigen Speicherbänke, die sich zum Teil über mehrere Etagen erstreckten. Während sie über nur wenige Zentimeter dicke, großmaschige Gitterplatten hastete, fiel ihr Blick nahezu ungehindert in die Tiefe. Sie hatte dabei das Gefühl, daß der Widerhall ihrer Schritte weithin zu hören sein mußte.

Tief unter sich, im Schein zuckender Entladungen, sah sie Roboter an den Aggregaten hantieren. Und kurz darauf bemerkte sie einen Mann, der aus einem Wartungsgang auf sie zukam. Sein schlohweißes Haar verriet die arkonidische Abstammung. Er war in Gedanken versunken, andernfalls hätte er die Frau und das Kind längst bemerken müssen.

Nur wenige Meter vor Tarni ragten säulenförmige Wärmetauscher auf. Ihr fiel ein Stein vom Herzen, als sie den Sichtschutz erreichte, bevor der Arkonide sie bemerkte. Allerdings hantierten tief unter ihr mehrere Roboter. Falls nur einer den Blick hob, mußte er die Terranerin zwangsläufig entdecken.

Der Arkonide hatte inzwischen den Wartungsgang verlassen. Unschlüssig blickte er noch einmal zurück, dann kam er auf die Wärmetauscher zu. Amica wollte etwas sagen, doch Tarni hielt ihr den Mund zu.

Der Techniker verharrte auf der anderen Seite der Säulen

und streifte mit einem Meßgerät an ihnen entlang. Dann trat er in den nächsten Zwischenraum ...

... und reagierte blitzschnell, als er Tarni und das Mädchen entdeckte. Seine Linke zuckte hoch, er aktivierte den Armband-Minikom, aber zugleich wurde sein Gesicht zur Grimasse. Schweiß perlte auf seiner Stirn, die Augen quollen aus ihren Höhlen. Sein Mund öffnete und schloß sich wie bei einem Fisch, der unversehens an Land gespült worden war. Das Meßgerät polterte zu Boden, rollte über das Gitter und blieb zwischen den Säulen liegen, zugleich verkrampften seine Hände sich um die Schläfen.

Der Arkonide sackte in die Knie. Sein Gesicht verzerrte sich, an den Schläfen schwollen die Adern; es schien, als kämpfe er gegen eine unsichtbare Macht, und so ähnlich war es wohl auch. Tarni ahnte, daß einer der Bionten eingegriffen hatte und den Techniker hypnotisch in seinen Bann zog.

Gurgelnd brach der Mann zusammen.

»Hast du das getan, Tarni?« fragte Amica ungläubig und bewundernd zugleich. Furchtsam drückte sie sich an Tarnis Beine und streckte die Arme aus, wollte wieder hochgehoben werden.

»Wir haben Freunde, die uns helfen«, erläuterte die Frau. »Unsichtbare Freunde.«

»Gehen sie mit uns?«

Tarni schüttelte traurig den Kopf. »Chech und die anderen sind Gefangene, so wie du bis heute eine Gefangene gewesen bist.«

Das Mädchen gab sich mit der Antwort zufrieden, und als Tarni sie hochhob, schlang sie ihre Arme um Tarnis Hals. »Ich mag dich«, flüsterte sie, »und ich mag deine Freunde.«

›Die letzten Container werden in Kürze verladen‹, drängte Chech.

»Ich kann nicht schneller«, erwiderte Tarni Perst lauter als beabsichtigt. Amica, soeben im Begriff einzuschlafen, schreckte zusammen und begann leise zu wimmern.

Die Terranerin verließ den Kraftwerksbereich. Vorübergehend hatte sie Probleme, sich zu orientieren, und erst das

Licht aus einem Kontrollraum erleichterte ihr wieder das Vorwärtskommen. Sie erhaschte einen Blick auf eine ausgedehnte Bildschirmfront, und zum erstenmal sah sie die Dschungelwelt aus dem All, zwar nur in Form einer breiten Sichel, aber doch deutlich genug, um Kontinente und Meere unterscheiden zu können, obwohl die Konturen vielfach unter einer ausgedehnten Wolkendecke verborgen lagen. Andere Aufnahmen zeigten ein monströses kuppelförmiges Bauwerk, das sich wie ein Krebsgeschwür inmitten des dichten Urwalds erhob. Die Kuppel ebenso wie der daran anschließende Raumhafen wurden von einem flirrenden Energiefeld umgeben.

Nur zwei Raumschiffe warteten vor der Station. Beim Anblick des diskusförmigen Bootes zuckte Tarni jäh zusammen, weil ihre überreizten Nerven ihr die RESISTANCE vorgaukelten. Doch handelte es sich lediglich um eine umkonstruierte Space-Jet. Das zweite Schiff war eine Springer-Walze, ein Frachter, in dessen Bauch ein Strom von Containern verschwand. Tarni fragte sich, was dort transportiert wurde.

›Das ist jetzt unwichtig!‹ dröhnte es unter ihrer Schädeldecke.› Du kannst es vielleicht noch schaffen, in einen der letzten beiden Container zu gelangen. Lauf, Tarni Perst! Niemand ist da, der euch sehen könnte.‹

Amicas Gewicht behinderte sie, aber sie war froh, daß das Mädchen inzwischen schlief. Ihr Herz hämmerte hart gegen die Rippen, jeder Atemzug brannte wie Feuer in den Lungen, doch Tarni wuchs in diesen Minuten über sich hinaus. Vorbei an einem Hangar mit Antigravplattformen und tropfenförmigen Gleitern sowie einigen bodengebundenen Fahrzeugen erreichte sie die Verladestation. Der vorletzte Container schwebte soeben ins Freie hinaus.

Landwirtschaftliche Produkte? Wohl kaum. Eher wurden Bechnamborrs Schätze geplündert.

Ein Stapel gepreßter Pflanzen verschwand soeben im letzten Container. Und die beiden übrigen mit Klammern zusammengehaltenen Stapel waren danach an der Reihe.

Tarni Perst erreichte den letzten Stapel, als der vorletzte

gerade in dem gut zwanzig mal acht Meter messenden Container verschwand. In vollem Lauf schwang sie sich nach oben, preßte mit dem rechten Arm Amica an sich und griff mit der linken Hand nach einer der Halteklammern. Bevor sie an dem Stapel hochklettern konnte, verlor sie den Boden unter den Füßen. Sekundenlang drohte sie abzurutschen, dann fanden ihre Füße Halt zwischen den Pflanzen, und sie konnte mit der Hand besser nachfassen.

Lange mußte sie nicht in der unbequemen Haltung verharren. Das Bündel senkte sich in den Container, in eine gerade noch ausreichende Lücke.

Bevor ihr die Beine abgequetscht werden konnten, stieß Tarni sich ab. Nach zwei Metern im freien Fall prallte sie unsanft auf, kam aber sofort wieder hoch. Amica begann verhalten zu schluchzen.

Ein Bündel Tierhäute klatschte aus der Höhe herab. Entsetzt erkannte Tarni, daß in dem Container kein Platz bleiben würde, sobald alle Waren verladen waren.

›Keine Panik‹, vernahm sie Chechs beruhigende Gedanken. ›Kordd schafft es, die Automatik zu beeinflussen, der Container wird nicht weiter beladen.‹

Wie zur Bestätigung schwebte bereits der mächtige stählerne Deckel heran. Der letzte Rest Helligkeit schwand, als die Magnethalterungen einschnappten.

Eingesperrt! Panik stieg in Tarni hoch. Wie lange würde der Sauerstoff reichen? Von den fehlenden Nahrungsvorräten ganz zu schweigen. Falls der Container mehrere Tage oder gar Wochen unterwegs war, bedeutete das ihren und Amicas sicheren Tod. Daran hatte sie nicht gedacht. Auch die Bionten hatten sich vom Schein täuschen lassen. Alles war viel zu schnell und zu reibungslos abgelaufen.

Tarni richtete sich auf den Knien auf und stemmte die Hände gegen den Deckel. Wie sich das Schicksal wiederholte. Schon einmal hatte sie sich in ähnlicher Situation befunden, den Kryogentank aber wenigstens öffnen können. Diesmal war sie völlig hilflos.

Gedankenfetzen drängten sich zwischen ihre Überlegungen. Tarni ignorierte sie und richtete sich weiter auf. Sie konnte nur in gebückter Haltung stehen und der Untergrund war weich und nachgiebig und verströmte einen strengen Geruch.

»Das halten wir nicht aus«, keuchte sie. »Chech, Kordd, holt uns hier wieder raus!«

Die Gedankenfetzen waren immer noch da. Schwer verständlich, wie aus weiter Ferne.

›... alles in Ordnung‹, hörte Tarni, als sie sich endlich darauf konzentrierte. ›Zwei Tage ... nicht länger. ... vergiß uns nicht ...‹

Dann war nichts mehr, so sehr sie auch lautlos nach Chech rief.

Tarni spürte nicht die leichteste Erschütterung. Dennoch mußte der Container sich inzwischen in Bewegung gesetzt haben. Vielleicht hatte er sogar schon seinen Platz im Laderaum des Springer-Frachters gefunden.

Tarni Perst fühlte sich so blind und taub wie ein Maulwurf. Und noch viel hilfloser. Sie konnte nur noch abwarten, ob ihr Weg wirklich in die Freiheit führte.

»Schach«, murmelte sie. Das war ihr Zug und sie gedachte, ihn bis zur Neige auszukosten.

7.

Amica weinte leise. Sie empfand die anhaltende Dunkelheit als beängstigend, und ihre kindliche Fantasie gaukelte ihr die schlimmsten Alptraumgestalten vor. Tarni Perst entsann sich der eigenen Jugend – nicht einen Deut anders hatte sie damals empfunden, wenn sie in langen Nächten allein gewesen war.

Sie versuchte Amica zu trösten, indem sie ihr von der Erde erzählte, von Quando Perst und ihrer Mutter, allerdings entfachte sie damit nur die eigene Wehmut von neuem. Sie hatte geglaubt, alles Leid und die Entbehrungen längst überwunden zu haben, doch wie eine schlecht verheilte Narbe brach die Erinnerung wieder auf und quälte sie.

Irgendwann schlief Amica ein. Ihre hastigen Atemzüge gingen oft in ein gequältes Schluchzen über, und Tarni spürte, wie der kleine Körper erbebte.

Die Terranerin konnte nur hoffen, daß das Springer-Raumschiff sich inzwischen im Weltraum befand. Vergeblich hatte sie sich darauf konzentriert, den Start wahrzunehmen, und ebenso vergeblich hatte sie in Gedanken nach Chech gerufen. Die Maggas-Echse antwortete nicht mehr. Erst allmählich wurde Tarni bewußt, wie sehr ihr die beruhigenden Impulse fehlten.

Ihre Unruhe wuchs, sie ertappte sich dabei, daß ihr schon das leiseste Geräusch einen Schauder über den Rücken jagte. Aber das Rascheln stammte nur von Amica, die sich unruhig im Schlaf bewegte.

Tarni versuchte, ebenfalls zur Ruhe zu kommen. Doch immer wieder schreckte sie hoch. Es dauerte lange, bis sie endlich in einen tiefen und traumlosen Schlaf fiel.

Unsanft wurde sie wachgerüttelt. Zwei Kinderhände zerrten an ihr.

»Mir ist heiß«, wimmerte Amica. »Und es riecht hier so komisch.«

Eine Woge der Panik flutete durch Tarnis Adern. Wenn der Sauerstoff zur Neige ging ... Doch sofort zwang sie sich zur Ruhe.

Amica schwitzte, das konnte sie fühlen, als sie der Kleinen sanft übers Gesicht wischte. Auch ein strenger Geruch war wahrzunehmen, allerdings schien es sich um Ausdünstungen der gepreßten Pflanzen zu handeln. Davon, daß der Sauerstoff zur Neige ging, spürte Tarni nichts. Aber würde sie das wirklich rechtzeitig wahrnehmen, oder nur in schönen Träumen in die Ewigkeit hinüberdämmern? Ein angenehmer Tod.

Wieso zerbreche ich mir darüber den Kopf? fragte Tarni sich wütend. *Ändern kann ich ohnehin herzlich wenig.*

Wie lange hatte sie geschlafen? So ausgeruht wie sie sich

fühlte, waren es bestimmt sechs oder sieben Stunden gewesen. Ein dumpfes Hungergefühl machte sich bemerkbar.

»Wann sind wir bei Quando?« fragte Amica.

»Bald«, antwortete Tarni ausweichend.

Wirklich? Ihre nagenden Zweifel hatte sie nie ganz unterbinden können. Aber warum hätte Camaarden sie anlügen sollen? Der Cantaro war sich seiner eigenen Stärke bewußt gewesen, als er die Informationen preisgegeben hatte.

Tarni redete viel, sie erzählte vom Mausbiber Gucky und den anderen Unsterblichen, aber sie stellte rasch fest, daß ihr Wissen erhebliche Lücken und Ungereimtheiten aufwies, für die sie keine Erklärung hatte. Amica, die ihr angespannt lauschte, bemerkte die Widersprüche nicht, doch sie selbst stolperte mehrfach darüber. Manchmal erschien es ihr, als wären Geschichtsdaten bewußt verfälscht worden.

Sie gewöhnten sich an das enge Verlies, in dem lediglich Amica aufrecht stehen und ein wenig umherlaufen konnte. Aber das Mädchen zog es dann doch vor, ruhig liegenzubleiben, denn bei jeder stärkeren Berührung produzierten die Pflanzenteile den beklemmenden Geruch.

Inzwischen durfte Tarni Perst sicher sein, daß die MOGHUIRA I den Cantaro-Stützpunkt verlassen hatte. Dafür begann sie sich zu fragen, wie lange der Flug und das anschließende Entladen dauern würden.

Der Hunger wurde größer; vor allem der Durst machte sich quälend bemerkbar. Amica redete vom Sterben und ließ sich von Tarni nicht davon abbringen.

Eine zweite Schlafperiode folgte, aus der die Terranerin aber nicht mehr ausgeruht, sondern aufgekratzt hochschreckte. Sie lauschte in die Dunkelheit und glaubte, wie aus weiter Ferne Maschinenlärm und vielleicht sogar Stimmen zu vernehmen. Aber selbst als sie ihr Ohr an die Containerwand preßte, blieb die Wahrnehmung undeutlich.

Wenig später durchlief ein sanfter Ruck ihr Versteck. Ein zweiter Stoß folgte, als der Behälter offenbar abgesetzt wurde.

»Es dauert nicht mehr lange, Amica, dann sind wir in Sicherheit.«

Vergeblich stemmte sie sich in gebückter Haltung gegen den Deckel. Nur flüchtig dachte sie daran, was wohl geschehen würde, wenn die Container gestapelt und dann tagelang nicht mehr beachtet wurden.

Zum Glück war dem nicht so. Die Magnetverschlüsse schnappten auf. Mit ohrenbetäubendem Dröhnen rammte etwas gegen den Deckel, der unmittelbar darauf langsam angehoben wurde. Gleißende Helligkeit fiel durch den rasch breiter werdenden Spalt herein. Geblendet schloß Tarni die Augen.

Was würde sie vorfinden? Wohin hatte der Springer-Frachter die Waren von Becknamborr gebracht? Waren sie für die Großlabors auf einer der bekannten Welten wie Tahun bestimmt oder lediglich für eine industrielle Weiterverarbeitung?

Über ihnen spannte sich ein orangefarbener, nahezu wolkenloser Himmel. Die Luft war kühl und würzig, und ein sanfter Wind trug Brandungsrauschen heran. Mit tränenden Augen blinzelte Tarni in den schräg stehenden dunkelroten Sonnenball.

»Viele Leute«, raunte Amica ihr zu. »Sie kommen von überallher.«

»Kopf runter!« zischte Tarni entsetzt. »Bist du verrückt? Wenn man uns entdeckt.«

»Wir sind in Sicherheit«, protestierte das Mädchen. »Du hast gesagt ...«

»Vielleicht sind Cantaro unter den Leuten.« Tarnis Tonfall verriet, daß sie sich auf keine Diskussion einlassen würde. Während sie Amica nach unten zog, riskierte sie ihrerseits einen raschen Blick.

Eine provisorisch befestigte Piste lag vor ihr. In einigen Kilometern Entfernung waren die Ausläufer einer größeren Stadt zu sehen. Gebäude wie jene, die sich deutlich vor dem beinahe violett schimmernden Horizont abzeichneten, gab es auf Tausenden von Welten, sie erlaubten keinen Rückschluß darauf, wo sie sich befanden.

Obwohl schon eine beachtliche Menschenmenge im

Umkreis versammelt war, ergoß sich ein unaufhörlicher Strom von bodengebundenen Fahrzeugen aus der Stadt.

Tarni entdeckte Angehörige verschiedener Völker, etliche Nicht-Humanoide waren unter ihnen, doch die Mehrheit hätte man bedenkenlos für Terraner halten können. Noch verloren sie sich in dem weitläufigen Gelände, aber zu erkennen war deutlich, daß sie sich für die Container interessierten, die in einem nicht zu engen Halbkreis abgeladen worden waren.

»Ich weiß nicht, was sie vorhaben, aber wenn sie uns hier oben erwischen, dürfte es Probleme geben.«

Tarni Perst zog Amica einfach mit sich. Täuschte sie sich, oder war das Mädchen seit ihrer überstürzten Flucht um mehrere Zentimeter gewachsen? Sie mußte sich wohl damit abfinden, daß ihr Klon in wenigen Monaten schon eine halbwüchsige junge Frau sein würde. Während sie darüber nachdachte, fragte sie sich, ob der schnelle Reifungsprozeß eines Tages enden würde, vielleicht nach der Pubertät, oder ob Amica schon in einigen Jahren als Greisin neben ihr stehen würde.

Vorsichtig spähte Tarni über den anderen Längsrand des Containers hinweg. Auf dieser Seite erstreckte sich der Raumhafen, jenseits der Kontrollgebäude ragten die MOGHUIRA I und ein halbes Dutzend andere Raumschiffe auf, keines davon jedoch mit den Ausmaßen der Springer-Walze. Verlaufen hatte sich auf diese Seite noch niemand.

»Traust du dich, alleine nach unten zu klettern?« fragte Tarni. »An den seitlichen Halteschienen geht es ganz gut.«

Amica zögerte zwar, bevor sie stumm nickte, folgte dann aber Tarni dichtauf und schwang sich bäuchlings über die Kante. Mit den Füßen tastete sie nach den gut zwanzig Zentimeter breiten Schienen und hangelte sich nach unten.

»Nicht so hastig«, mahnte Tarni. »Ich will nicht, daß du dir den Hals brichst.«

Ein lautes Räuspern ließ sie innehalten. Amica erstarrte ebenfalls zur Reglosigkeit.

»Ich dachte es mir«, schnaubte eine rauhe Männerstimme. »Hank, dachte ich mir, sieh doch mal nach den anderen Waren, bestimmt gibt es wieder einige, die das Verfahren nicht abwarten können. Und tatsächlich, so ist es.« Die Stimme wurde schneidend scharf. »Runter mit euch beiden, und zwar plötzlich! Ihr habt da oben noch nichts verloren.«

Tarnis Gedanken überschlugen sich. Der Mann, der ziemlich genau hinter ihr stand, weil sie ihn immer noch nicht sehen konnte, hielt sie offenbar für unliebsame Konkurrenten. Waren die Pflanzen von Becknamborr so wertvoll?

»Wenn du denkst, du kannst uns ausstechen ...«, begann sie, wurde aber sofort unterbrochen.

»Komm runter, oder ich helfe nach!«

Nichts tat sie lieber. Kaum hatte sie festen Boden unter den Füßen, forderte sie Amica auf, zu springen.

»Verschwindet von hier!« Die rauhe Stimme paßte zu dem Mann, der wenig vertrauenerweckend aussah. Feist und aufgeschwemmt, mit tief in den Höhlen liegenden stechenden Augen. Sein fleischiges Kinn bebte, als er Tarni kurzerhand zur Seite zerrte und ihr einen kräftigen Stoß verpaßte. »Der Container ist für mich bestimmt, klar?«

Die Terranerin stieß eine deftige Verwünschung aus, dann begann sie mit Amica im Arm zu laufen. Sie setzte das Mädchen erst ab, als sie den Container in gehörigem Abstand umrundet hatte.

Die Menschenmenge drängte sich inzwischen um die ersten Container. Lautsprecherstimmen übertönten sich gegenseitig, Zahlen und Begriffte schwirrten durcheinander, von denen Tarni Perst wenig verstand. Sie begriff nur, daß soeben eine Art Auktion angelaufen war und daß die ersten Bieter sich bereits um die Waren von Becknamborr pügelten.

»Wo sind deine Freunde?« fragte Amica. »Gehen wir jetzt zu ihnen?«

»Ich weiß nicht, wo sie sind«, gestand Tarni. »Wichtig ist, daß wir frei sind, das allein zählt fürs erste. Vielleicht gibt es auf dieser Welt niemanden, der uns den Weg zu den Widdern weisen kann.«

»Was geschieht dann?« Amicas Augen waren noch ausdrucksvoller geworden. Tarni hätte schwören können, daß das Mädchen schneller heranreifte, als die Cantaro dies beabsichtigt hatten.

Tarnis Schulterzucken sagte alles.

Hand in Hand gingen sie in Richtung der Stadt. Mittlerweile näherten sich nur noch vereinzelt Fahrzeuge, aber keiner der Insassen nahm von ihnen Notiz. Die rote Sonne stieg höher auf ihrer Bahn. Der Wind wirbelte Staub und welkes Laub über die Piste. Tarni fühlte einen Hauch von Endzeitstimmung.

Nahtlos ging das befestigte Terrain in die Stadt über. Fabrikhallen, Geschäfte und Bürokomplexe, alles wirkte düster und trist. Abblätternde Farbe und Rost bestimmten das Bild, Fahrzeugwracks vergammelten an den Straßenrändern. In einem der Fabrikhöfe winselte ein Hund. Tarni fühlte sich an ihre Kindheit auf Terra erinnert.

Nach der nächsten Sraßenkreuzung stießen sie auf eine Informationssäule. Das war der Zeitpunkt, in dem der Frau schmerzlich bewußt wurde, daß sie nicht über einen einzigen Galax verfügte. Genau diese Summe hätte sie nämlich benötigt, um Informationen abzurufen. Sie erfuhr lediglich den Namen der Stadt, die sich großspurig als ›Metropole von Red-Hot‹ bezeichnete: Booster-Town.

»Und jetzt?« fragte Amica drängend.

»Wir gehen in Richtung Zentrum.«

Der Verkehr war kaum der Rede wert. Sogar die kühn geschwungenen Transportröhren, die Fußgänger bis in die oberen Etagen brachten, zeigten sich menschenleer.

Amica zog ihre luftige Kleidung enger. Das Klima von Booster-Town war kaum einladender als die Stadt selbst.

Grellbunte Wegweiser priesen eine öffentliche Transmitterstation im Untergeschoß an. Abgesehen davon, daß die Benutzung Geld kostete, brachte der nach unten führende Antigravschacht nicht die besten Gerüche an die Oberfläche. Ein undefinierbares Stimmengewirr erfüllte die Luft, und als Augenblicke später ein zerlumpter Topsider den Schacht verließ, war Tarni endgültig überzeugt davon, daß die öffentliche Station gestrandeten Existenzen als Unterschlupf diente. Booster-Town schien keineswegs die einladende Metropole zu sein, die sie sich erhofft hatte.

Der Topsider fixierte sie aus blutunterlaufenen Augen. Er hatte Mühe, einen halbwegs sicheren Stand zu bewahren.

»Du hast Magamorr?« heischte er Tarni auf Interkosmo an und baute sich breitbeinig vor ihr auf.

»Ich weiß nicht, wovon du sprichst.« Die Terranerin wollte die Straßenseite wechseln, doch ihr Gegenüber war schneller, seine Hände verkrallten sich in ihrer Kleidung.

»Gib mir nur eine Handvoll«, wimmerte er.

Tarnis Abscheu wuchs. Aber auch sein Griff wurde härter.

»Verschwinde!« stieß sie hervor. »Wir haben nichts miteinander zu schaffen.«

»Ich brauch das Zeug!« Speichel tropfte über die verhornten Lippen des Topsiders, in seinen blutunterlaufenen Kugelaugen stand nackte Gier zu lesen.

Tarni wußte, daß sie nicht länger zögern durfte. Der Topsider war süchtig, und wenn er nicht bekam, was er sich erhoffte, würde er vor einer Gewalttat nicht zurückschrecken. Die einzige Chance war, ihm zuvorzukommen. Während der Kerl sie zu schütteln begann, verschränkte sie die Hände und riß die Arme hoch. Ihre Fäuste krachten von unten gegen das breite Kinn. Daß sie sich die Knöchel an der schwarz-braunen Schuppenhaut aufschürfte, spürte sie nicht einmal.

Der Topsider stieß einen krächzenden Laut aus, sein Griff lockerte sich, und Tarni setzte sofort nach. Sie rammte ihm ihr Knie in den Unterleib, ein Stoß, den ein Terraner nicht so leicht verkraftet hätte. Ob allerdings die Topsider eine ähnliche Anatomie aufwiesen und vor allem ähnlich empfindlich reagierten, wußte sie nicht.

Der Echsenabkömmling brüllte gequält auf. In einer instinktiven Reaktion schleuderte er Tarni von sich, so abrupt, daß sie sich nicht mehr abfangen konnte. Rücklings stürzte sie auf den Gehweg, besaß aber immerhin die Geistesgegenwart, sich zur Seite abzurollen. Der Tritt des Topsiders verfehlte sie um Haaresbreite.

Aus dem Antigravschacht quollen weitere ausgemergelte Gestalten. Ein untersetzter Humanoider zerrte die heftig um sich tretende Amica hoch. Die anderen umringten die Terranerin – eine stumme, feixende Phalanx.

»Hilf mir, Tarni!« keuchte Amica.

»Verschwindet!« Tarni erntete nur spöttisches Gelächter. Der Topsider beugte sich über sie, seine sechsfingrigen schlanken Hände grapschten über ihren Leib.

»Dir werde ich es zeigen, du Schlampe.« Sein haarloser Schädel ruckte herum. »Schleppt sie nach unten!« herrschte er seine Kumpane an. »Mag sein, daß sie jemandem mehr als eine Handvoll Magamorr wert ist. Und wenn nicht ...« Seine Bewegung mit der Handkante an der Kehle entlang war eindeutig.

»Warum fragst du mich nicht, Aussätziger?« erklang eine befehlsgewohnte Stimme.

Der Topsider ruckte herum, ein Zucken durchlief seinen Leib. Tarni vernahm ein Knistern wie von einer heftigen energetischen Entladung, dann sah sie den Kerl zusammenbrechen, konnte aber nicht erkennen, was geschehen war. Ihr wurde nur klar, daß sie einen Helfer gefunden hatte.

Wie auf ein geheimes Kommando hin griff die Meute den Unbekannten an. Doch drei, vier weitere zuckende Entladungen – jeweils für Sekundenbruchteile glaubte Tarni einen fahlen Energieblitz wahrzunehmen – schickten ebenso viele Angreifer zu Boden. Der Rest stob in panischer Flucht davon.

Die bärtige Gestalt eines Springers blickte auf Tarni Perst hinab. Der Mann war knapp zwei Meter groß, er trug sein schulterlanges rotes Haupthaar zu einer Vielzahl winziger Zöpfe geflochten, und der brustlange Bart lief in zwei Quasten aus. Lässig schob er seine Waffe hinter den Gürtel.

Er dachte nicht daran, Tarni aufzuhelfen. Die weinende Amica streifte er nur mit einem Seitenblick.

»Das Hafenviertel ist nicht der beste Ort für unbewaffnete Frauen« stellte er fest. »Hier treibt sich viel Gesindel herum.«

»Danke für deine Hilfe«, sagte Tarni. »Wir sind fremd hier.«

»Das dachte ich mir.« Der Rotbart verschränkte die Arme vor der Brust und fixierte Tarni. »Ich habe euch schon eine Weile beobachtet. Ihr kommt von der Auktion.«

»So ungefähr«, wich Tarni aus.

Sein Grinsen wurde unverschämt. »Dann könnt ihr nur mit der MOGHUIRA I auf Red-Hot gelandet sein; seit mindestens acht Wochen hat kein anderes Schiff diese Welt angeflogen.« Er spuckte in hohem Bogen aus und räusperte sich geräuschvoll. »Der alte Moghuira ist ein Halsabschneider, der für ein paar Millionen Galax seine ganze Sippe verkaufen würde. Dabei scheffelt er ein Vermögen mit dem Rauschzeug, das er Magamorr nennt. Ich wüßte zu gerne, woher er die Pflanzen bezieht.«

»Von Becknamborr«, platzte Amica vorschnell heraus. Tarnis drohenden Blick ignorierte sie.

»Oh«, machte der Springer überrascht, und seine Mimik wirkte plötzlich um einiges freundlicher. »Vielleicht könnten wir doch handelseinig werden.«

»Du meinst«, Tarni wischte imaginären Straßenstaub von ihrer Folienkleidung, »die Koordinaten der Dschungelwelt gegen eine angemessene Summe?«

»So ungefähr. Wie sagt ihr Menschen bei solchen Gelegenheiten? Eine Hand wäscht die andere.« Er lachte dumpf und rollte einen der Bewußtlosen mit dem Fuß zur Seite. »Ich bin Totares, mein Name hat in Booster-Town einiges Gewicht. Wenn ihr es wünscht, ich meine, falls ihr noch keine andere Verabredung habt, stelle ich euch gerne mein Quartier zur Verfügung.«

»Schließlich müssen wir miteinander verhandeln«, sagte Tarni.

»So dachte ich es mir.« Der Springer zwirbelte seine Bartenden. Gleich darauf verfinsterte sich seine Miene. »Ist es wahr, was man hinter vorgehaltener Hand flüstert, daß das Magamorr von einer Welt stammt, die von ...«, er flüsterte nur noch, »von Cantaro beherrscht wird?«

Tarni nickte knapp, woraufhin Totares feststellte, dies sei kein Thema, das man auf der Straße bereden müsse.

Sein Gleiter stand im Schutz eines Energieschirms gerade fünfzig Meter entfernt. Der Springer hob Amica in den Einstieg hoch. Einen Augenblick lang zögerte er dabei.

»Ich habe selten Mutter und Tochter gesehen, die einander mehr glichen als ein Ei dem anderen.« Das war mehr Feststellung als Frage, aber sein Interesse war unverkennbar.

Booster-Town war eine alte Stadt, vor über fünfhundert Jahren von terranischen Auswanderern gegründet worden und wegen ihrer Lage nahe bedeutender Schiffahrtsrouten auch schnell zu beachtlichem Reichtum gelangt. Doch davon war im Jahr 614 NGZ nicht mehr allzu viel übrig. Tarni Perst gewann den Eindruck einer in Auflösung begriffenen Infrastruktur, der wirtschaftliche Niedergang mußte schon vor Jahrzehnten eingesetzt haben. Wer es sich leisten konnte, hatte Red-Hot rechtzeitig verlassen; der Rest lebte in den Tag hinein oder war der Magamorr-Sucht verfallen. Schöne Träume für das letzte Hab und Gut – in den vergangenen 138 Jahren hatten sich die Methoden geändert, nicht aber die Hoffnungen der breiten Masse. Wer es sich leisten konnte, der floh vor dem tristen Alltag; wer das nötige Geld nicht mehr aufbrachte, der fand Mittel und Wege am Rande der Illegalität. Nein, besser geworden war nichts, ganz im Gegenteil. Tarni Perst gewann schon am ersten Tag in Booster-Town den Eindruck, daß die Galaktiker jedes kritische Urteilsvermögen verloren hatten. Politik interessierte niemanden mehr, die Menschen jagten ihren Träumen in Spielhallen und Amüsierbetrieben aller Art nach, sie hatten keine Zeit mehr für die Annehmlichkeiten des Lebens. Und Totares gehörten einige dieser Etablissements.

In der Zimmerflucht, die der Springer Tarni und Amica keineswegs uneigennützig zur Verfügung gestellt hatte, fand die Terranerin problemlos Zugang zu den planetaren Datennetzen. Während das Mädchen mit vollem Magen endlich wieder ruhig schlief und ihr Lächeln sie in einen kleinen Engel verwandelte, wühlte Tarni sich durch einen Berg von Stichworten und Jahreszahlen, und hinterher schwirrte ihr der Kopf von all dem Neuen.

Dabei interessierte sie die Geschichte des Red-Hot-Systems mit dessen gleichnamigem zweiten Planeten nur am Rande; weitaus wißbegieriger stürzte sie sich auf die galaktischen Daten. Diese wurden um das Jahr 558 NGZ herum spärlicher und zeigten wenig später kaum noch Einträge. Das nachlassende Interesse der planetaren Regierung an allem, was über den eigenen Horizont hinausreichte, fiel zeitgleich mit dem Niedergang von Booster-Town zusammen.

Tarni Perst suchte einen ganz bestimmten Vorgang. Sie wußte nicht, ob sie überhaupt fündig werden würde, aber sie fieberte dem Moment trotzdem entgegen. Alle Müdigkeit war wie weggewischt, als sie nach eineinhalb Stunden auf einen Querverweis stieß und diesen manuell weiterverfolgte. Sie hatte sich noch nie in letzter Konsequenz auf Syntroniken verlassen, sondern lieber ihrer eigenen Intuition vertraut.

Als sie endlich die Daten auf dem Schirm hatte, hätte sie die ganze Welt umarmen können. Sie schickte ein Stoßgebet zum Himmel.

Camaarden hatte die Wahrheit gesagt. Tarni lag zwar keine direkte Eintragung vor, aber ein Journalist hatte anno 493 NGZ intensive Recherchen angestellt, und die Zusammenfassung war als Nachrichtenüberblick in die Datensammlung aufgenommen worden. Tarni las von einer Krankenakte auf Tahun, die zwei kurzfristig aufgenommene Patienten lediglich als ›Ilt‹ und ›Haluter‹ auswies, sie studierte einen verworrenen Bericht über eine Wachstation PERS-III am Perseus-Black-Hole und war danach überzeugt davon, daß Perry Rhodan und seine Gefährten über dieses Black-Hole in die Milchstraße gelangt waren, und sie entdeckte einen Bericht über die Ereignisse auf Olymp. Dieser allerdings sah so aus, als hätten die Cantaro die Friedenskonferenz hintertrieben.

Zufrieden lehnte sich Tarni zurück und las den Text zum zweiten Mal auf einer Hardcopy, die sie anschließend sorgfältig zusammenfaltete und einsteckte.

Sie wußte jetzt, daß Rhodan wirklich zurückgekehrt war, und mit ihm zweifellos auch Quando Perst, ihr Vater. Von der Servoautomatik ließ sie sich ein stark koffeeinhaltiges Getränk mischen, dann schaute sie kurz nach Amica, die ruhig und gleichmäßig atmete. »Bald wirst du ein richtiges Zuhause haben«, flüsterte sie.

Mitternacht planetarer Zeit war inzwischen vorüber. Die Unterkunft lag im achtzehnten Stock eines pilzförmigen Hauses. Mehrere Antigravlifte sowie die Versorgungseinrichtungen bildeten die zentrale Achse, an deren Außenseite die Wohnkomplexe wie die Fruchtkörper eines Pilzes klebten. Einmal in knapp zehn Stunden drehte das Gebäude sich um 360 Grad.

Das Panoramafenster des Aufenthaltsraums bot einen guten Überblick über die Stadt. Die bunten Lichtorgien der Vergnügungsviertel konkurrierten mit der dunklen, zerfressen wirkenden Silhouette der Wohn- und Industriegegenden. Und über allem lag der türkisfarbene Schein zweier Monde, die auf exzentrischen Bahnen diese Welt umliefen.

Eine Weile stand Tarni Perst reglos da, schaute in die Nacht hinaus und ließ sich von ihren Gedanken treiben. Eigentlich hatte sie allen Grund zur Zufriedenheit, aber sie fragte sich, wie Totares reagieren würde, sobald er erfuhr, daß sie seine Hoffnungen nicht erfüllen konnte. Er war kein Menschenfreund. Hinter seiner Gastfreundschaft standen knallharte finanzielle Interessen; er wollte die Drogen direkt von Becknamborr importieren und Moghuira aus dem Geschäft drängen.

Unwillkürlich ballte Tarni Perst die Fäuste. Sie haßte Leute, die mit dem Leben und der Gesundheit anderer umgingen wie mit einer beliebigen Ware, die nur ihren Profit sahen und sonst nichts. Das war wohl in allen Jahrhunderten so gewesen, heute vielleicht sogar ausgeprägter als früher.

Sie ging an das Info-Terminal zurück. Unter den galaktischen Daten fand sie kurz vor 550 NGZ Hinweise auf eine Widerstandsorganisation gegen die Willkür der Cantaro. Der Name WIDDER erschien, und im Zusammenhang damit ein geheimnisvoller Anführer namens Romulus. Zwei vergebliche Anschläge auf Zentren der Cantaro waren verzeichnet, doch blieben die Informationen darüber spärlich. Tarni fragte sich, ob die gewagten Attentate wirklich stattgefunden hatten, oder ob es sich lediglich um Propagandamaterial gegen die Widder handelte. Die angebliche Zahl der Opfer unter der Zivilbevölkerung sprach ihrer Meinung nach für eine gezielte Diskriminierung.

Aufgeputscht vom Koffein und den anderen Zusätzen, zudem gebannt von der Aussicht, endlich auf der richtigen Spur zu sein, saß Tarni noch immer atemlos vor dem Holoschirm, als ein blutroter Streifen am Horizont den nahenden Morgen ankündigte. Sie hatte in den planetaren Daten den Vermerk über das Wirken eines Agenten aufgespürt, und das war schon mehr, als sie sich erhofft hatte. Natürlich ließ sie diese Spur nicht mehr los.

Zudem fand sie Hinweise, daß Daten gelöscht worden waren. Offensichtlich hatten gewisse Kreise auf Red-Hot einen Rachefeldzug der Cantaro befürchtet, sollte jemals das verborgene Wirken eines WIDDER-Agenten offenbar werden. Die ideale Lage des Planeten nahe einigen galaktischen Brennpunkten war wohl ausschlaggebend gewesen.

Tarni ignorierte lapidare Löschsequenzen und hielt endlich einen Detailplan der Stadt in Händen, aus dem einstige tote Briefkästen und sogar der Unterschlupf des Widders ersichtlich waren. Sich über den Dilettantismus zu wundern, mit dem die Verschleierung eben dieser Daten versucht worden war, blieb ihr keine Zeit. Manches erweckte auch den Anschein, als wäre es nachträglich wieder aufgenommen worden.

Eine inzwischen aufgelassene Fabrikationsstätte für Antigrav-Haushaltsgeräte hatte dem Agenten als Tarnung gedient.

Tarni Perst wußte nicht so recht, wie sie weiter vorgehen sollte. Totares erwartete von ihr Daten, die sie ihm nicht geben konnte. Daß er darüber keineswegs erfreut sein würde, war klar. Andererseits – welche Möglichkeit hatte er, falsche Angaben rasch nachzuprüfen?

Die astronomische Datenbank von Red-Hot verzeichnete mehrere hundert Dschungelwelten in unterschiedlichen Entwicklungsstadien. Tarni prägte sich die Koordinaten einer diese Welten ein, die mit dem Vermerk ›Unbedeutend, kein Stützpunkt‹ gekennzeichnet war. Anschließend versuchte sie, wenigstens für kurze Zeit Ruhe zu finden.

Tarni Perst hatte das Gefühl, gerade erst eingeschlafen zu sein, als das Visiphon sie aufschreckte. Totares kündigte seinen Besuch an. Ihr blieb nur wenig Zeit, sich frisch zu machen.

»Wir hatten eine Abmachung getroffen«, erinnerte sie der Springer. »Ich für meinen Teil habe die Vereinbarung eingehalten.«

»Nur was die Unterkunft betrifft«, wehrte Tarni ab. »Über eine Summe müssen wir noch … «

»Dreitausend Galax«, sagte Totares. »Mehr ist die Information nicht wert.«

Tarni hatte geahnt, daß er versuchen würde, sie übers Ohr zu hauen. Um wenigstens den Schein zu wahren, sprang sie wütend auf. »Das ist lächerlich«, stieß sie hastig hervor. »Du weißt, daß die Information ein Vielfaches wert ist.«

»Entweder akzeptierst du meine Bedingungen, oder … «

»Oder?« fragte Tarni aufgebracht.

» … du wirst in Booster-Town keinen Fuß auf die Erde bringen. Mit dreitausend sind deine Informationen sehr gut bezahlt. Außerdem: Wer sagt mir, daß ich deine Auskünfte wirklich so verwerten kann, wie ich mir das erhoffe?«

Tarni hatte Mühe, ihr Erschrecken zu verbergen. Totares klopfte nur auf den Busch und versuchte, sich selbst zu rechtfertigen, obwohl er das nicht nötig hatte.

»Ich bin auf das Geld angewiesen«, gestand sie. »Sag

selbst, wie weit können meine Tochter und ich ohne die nötigen finanziellen Mittel kommen?«

Der Springer grinste sie herausfordernd an. »Damit zu deinem Teil des Handels. Wo hast du die Koordinaten?«

Tarni Perst tippte mit dem Zeigefinger an ihre Schläfe. »Hier oben. Allerdings denke ich nicht daran, mein Wissen ohne vorherige Bezahlung preiszugeben. Dreitausend Galax – einverstanden. Das ist besser als nichts. Gib mir das Geld.«

»Ich hab' es nicht bei mir.«

In einer Geste des Bedauerns breitete die Terranerin die Arme aus. »Ich traue dir nicht«, sagte sie.

»Das beruht auf Gegenseitigkeit.« Totares vollführte die galaxisweit gültige Geste des Geldzählens. »Ich mache dir einen Vorschlag: Du gibst mir den halben Koordinatensatz, damit ich deine Angaben vorprüfen kann. Dann bekommst du das Geld, und ... «

» ... wenn ich die Summe habe, gebe ich dir die restlichen Daten.« Tarni nickte zögernd. »Das erscheint mir eine vernünftige Regelung.«

Die Terranerin nannte einen Teil des auswendig gelernten Koordinatensatzes.

»Das ist die galaktische Eastside«, bemerkte Totares verblüfft.

»Becknamborr liegt im Gebiet der Blues«, bestätigte Tarni trocken.

Der Springer stellte eine Zahlungsanweisung aus, die er mit seiner ID-Karte siegelte. Tarni Perst, die gehofft hatte, Bargeld zu erhalten, ließ sich ihre Enttäuschung nicht anmerken.

»Die Anweisung ist gedeckt, keine Bange«, sagte Totares spöttisch. Er schien ein besserer Beobachter zu sein, als Tarni vermutet hatte. Mit knapper Eingabe holte er eine entsprechende Bestätigung der planetaren Vermögensverwaltung auf den Monitor; gleichzeitig wurde der Betrag für die Auszahlung der genannten Summe abgesplittet.

Tarni ließ die Anweisung in einer Tasche ihres Overalls verschwinden. Sie nannte die restlichen Koordinaten.

»Was hast du nun vor?« fragte der Springer. »Du kannst mit deiner Tochter noch einige Tage in dem Apartment wohnen. Und falls du Zerstreuung suchst, empfehle ich dir das ›Starlight Paradise‹ im Untergeschoß. Du hast die Wahl, dich mittels SERT in über achthundert verschiedene Welten versetzen zu lassen; für jeden Geschmack ist etwas dabei.«

»Was sicherlich nicht gerade billig sein dürfte«, vermutete die Terranerin.

»Einhundert Galax für jede angefangene Stunde«, Totares vollführte eine geringschätzige Handbewegung. »Probier's aus, du wirst begeistert sein.«

»Dein Angebot wegen der Unterkunft nehme ich gerne an, was die SERT-Simulation anbetrifft ... ich weiß noch nicht.«

Fürs erste tat es gut, ein Dach über dem Kopf zu wissen, ansonsten hatte Tarni nicht die Absicht, länger als unbedingt nötig in der Nähe des Springers zu bleiben. Mit 3000 Galax konnten Amica und sie eine Zeitlang gut leben. Außerdem wollte sie rasch Kontakt mit den Widdern aufnehmen, und das bedeutete, daß sie gezwungen war, jeder sich bietenden Möglichkeit nachzugehen.

Es war Mittag, als sie an einer Zahlstelle die Anweisung in bar abhob. Danach hatte sie zwar für Amica und sich brauchbarere Kleidung kaufen wollen, doch in dem Einkaufszentrum herrschte zu großer Andrang. *Konsum und Spiele,* dachte Tarni, *das ist alles, was die Zivilisation noch zusammenhält.*

In der Nähe des Warenzentrums hatte früher angeblich ein toter Briefkasten der Widder gelegen. Tarni war keineswegs überrascht, an jener Stelle den Zugang zu einer neu errichteten Warentransmitterstation zu finden.

Ein Robottaxi brachte Amica und sie rund fünfzehn Meilen zurück in Richtung Raumhafen. Das war zwar noch nicht die langsam verfallende Gegend, die sie tags zuvor kennengelernt hatte, doch auch hier hatte längst die Trostlosigkeit Einzug gehalten.

Auf einigen Umwegen steuerte Tarni die aufgelassene Fabrik für Antigravgeräte an. Da Amica über die ungewohnte Strapaze jammerte, legte sie mehrfach längere Pausen ein. Deshalb brach schon der Abend herein, als sie die ersten flackernden Werbehinweise sah. Die Hologramme wurden aus dem öffentlichen Energienetz gespeist, und offensichtlich hatte es bisher niemand für nötig gefunden, die betreffenden Projektoren abzumontieren. Hier wurde Werbung für Produkte gemacht, die längst nicht mehr hergestellt wurden. Für Tarni ein weiteres Indiz der um sich greifenden Gleichgültigkeit.

Die Dämmerung brach herein. Unbewußt schreckte die Terranerin davon zurück, die verlassenen Hallen um diese Zeit aufzusuchen, andererseits fragte sie sich, weshalb sie zögerte. Sie war nahe daran, einem langsam vorbeischwebenden Taxi zu winken, ging dann aber doch entschlossen weiter.

Amica sah in dem Gelände nur einen riesigen Spielplatz. Sie dachte nicht an Gefahren, als sie auf einen ausgeschlachteten Lastengleiter kletterte oder sich bäuchlings auf das Absperrgitter über einem aufgelassenen Antigravschacht warf und laut in die Tiefe rief und dem dumpfen Echo lauschte. Tarnis Mahnungen überhörte sie geflissentlich.

Die Fabrik war seit Jahren verlassen, alles was irgendwie noch brauchbar gewesen war, längst demontiert. Einige Notbeleuchtungen hatten sich mit Beginn der Dämmerung aktiviert, doch der fahle Schein erhellte das Innere der Hallen nur spärlich.

»Da ist jemand«, flüsterte Amica.

Ein huschender Schatten – nein, der Schatten eines großen, halb demontierten Aggregats, mehr nicht. Trotzdem wuchs in Tarni plötzlich ein ungutes Gefühl, vor allem, wenn sie an den Topsider dachte ... Sie zog Amica mit sich, schneller quer durch die Halle. Eine Reihe kleinerer Räume schloß sich an, vermutlich die ehemalige Verwaltung, danach ein Materiallager.

Irgendwo hinter ihnen schlug ein Schott zu. Kein Zweifel, da war jemand.

Amica wollte etwas sagen, doch Tarni zog das Mädchen

mit sich in die Deckung eines Stapels aus Verpackungsmaterial.

Gerade noch hundert Meter hinter ihnen erschien eine hochgewachsene Gestalt. Tarni gewann den Eindruck, daß es sich um einen Springer handelte. Der Mann kam näher.

»Tarni Perst«, rief er, »ich weiß, daß du da bist, und daß deine Tochter bei dir ist. Du hast Totares betrogen – das hättest du besser nicht getan. Nun ist er wütend auf dich.«

Gehetzt blickte Tarni um sich, suchte nach einem Fluchtweg. Der Springer schien ihr Versteck bislang nicht entdeckt zu haben. Andererseits war nicht anzunehmen, daß er allein gekommen war. Von wo näherten sich die anderen?

»Du hast die angeblichen Koordinaten von Becknamborr erst vergangene Nacht abgerufen. Aber das ist nicht alles, Tarni Perst. Totares wüßte gerne, wieso du dich für die Widder interessierst. Wer bist du wirklich?«

Siedendheiß wurde der Terranerin ihr Fehler bewußt. Sie hätte damit rechnen müssen, daß der Springer jeden ihrer Schritte überwachte. Er hatte ihre Datenabfrage bemerkt, wahrscheinlich war ihm sogar eine Kopie angefertigt worden. Totares hatte vermutlich schon bei der Übergabe der Zahlungsanweisung Bescheid gewußt. In dem Fall stellte sich die Frage, was er mit ihr vorhatte. Wollte er sie an die Cantaro verraten?

Tarni ging neben Amica in die Hocke. »Wenn wir gleich loslaufen, bleib dicht neben mir«, raunte sie dem Mädchen ins Ohr. »Und renn so schnell du kannst!«

Der Springer kam näher. Im Schein eines Leuchtkörpers blitzte sein Kombistrahler. Tarni hetzte los, als der Mann sich für einen Moment in eine andere Richtung wandte.

Ein Strahlschuß verflüssigte nur wenige Meter neben den Fliehenden die Überreste eines Transportbandes. Aufglühendes Metall spritzte nach allen Seiten.

Tarni schlug Haken. Sie wußte, daß sie es nicht schaffen konnte. Trotzdem hastete sie weiter. Ein zweiter Schuß fauchte dicht über sie hinweg und zerstob weit im Hintergrund in einem Funkenregen.

Die Schritte des Verfolgers dröhnten heran. Allerdings wurde das Gebäude in diesem Teil wegen hoch aufragender, teilweise noch verkleideter Gerüste unübersichtlich.

Vielleicht sollte sie versuchen, mit Totares zu reden. Unsinn! Die Situation war verfahren. Und der Springer würde bestimmt nicht auf eine lukrative Einnahmequelle verzichten.

Ein fahler Lichtreflex voraus, für Sekundenbruchteile, als hätte jemand eine Lampe angeknipst. Tarni bemerkte einen in die Tiefe führenden Antigravschacht, an dem sie sonst vorbeigelaufen wäre. Ein Werkzeugteil schwebte soeben nach oben, also war der Schacht aktiviert. Ohne nachzudenken, sprang Tarni in die Tiefe.

Auf zehn Meter schätzte sie den Höhenunterschied. Das Antischwerkraftfeld erlosch, kaum daß Amica und sie den Boden berührten. Unmittelbar neben ihnen krachte das Werkzeug herab, das Klirren mußte den Verfolger zwangsläufig wieder auf ihre Spur bringen.

Erneut flammte ein Licht auf, höchstens zehn Meter entfernt. Tarni sah ein halb geöffnetes Schott und erkannte, daß der Weg dorthin ohne Hindernisse war. Atemlos hasteten Amica und sie durch die Dunkelheit.

»Tarni Perst«, erklang hinter ihr der Ruf des Verfolgers, »du entkommst uns nicht. Gib auf, dann läßt Totares vielleicht mit sich reden.«

Sie prallte fast gegen die Wand, ertastete die Öffnung und zwängte sich mit Amica hindurch. Sofort begann sich hinter ihnen das Schott zu schließen.

Das aufflammende Licht blendete und jagte Tarni Tränen in die Augen.

»Wer seid ihr?«

Vergeblich blinzelte sie in die Helligkeit. Sie konnte niemanden erkennen, hörte nur, daß die Stimme einer Frau gehörte.

»Ich bin Tarni Perst«, antwortete sie. »Der Name wird dir nichts sagen. Meine Tochter heißt Amica.« Immerhin hatte die Unbekannte ihr fürs Erste eine Atempause verschafft.

»Warum suchst du Kontakt zu den Widdern?«

»Ich … «

»Jemand hat die öffentlichen Datenbanken benutzt, das ist in den vergangenen Jahren nur einmal passiert … « Die Helligkeit reduzierte sich endlich auf ein erträgliches Maß. Tarni sah sich einer Frau mittleren Alters gegenüber, schätzungsweise siebzig, fünfundsiebzig Jahre, sehr gepflegt, aber mit tief eingegrabenen Sorgenfalten.

»Du gehörst zu den Widdern?« fragte Tarni.

»Und wenn es so wäre … ?«

Bevor Tarni antworten konnte, ergriff Amica eine Hand der Frau. » … hilf uns!« bat sie eindringlich. »Wir sind vor den Cantaro geflohen und wissen nicht, wohin.«

»Totares ist ebenfalls kein Gegner, der mit sich spaßen läßt.«

Wie zur Bestätigung des Gesagten begann das Schott aufzuglühen. Zwar war es erst ein faustgroßer Fleck, doch hatte der Springer begonnen, mit seiner Thermowaffe das Hindernis aufzuschweißen.

»Kommt!« Die Frau lief vor Tarni und dem Mädchen her den Gang entlang. Die Lichtkegel ihres Handscheinwerfers huschte erst über stählerne Wände, entriß aber schon kurz darauf ungleichmäßig aufgetragenen Spritzguß der Dunkelheit. Ein provisorischer Stollen, der schräg in die Tiefe führte; Treppenstufen, die mit Desintegratoren ins Erdreich gegraben worden waren.

Tarni verbiß sich die drängender werdende Frage nach dem Wohin. Schätzungsweise einen Kilometer hatten sie zurückgelegt, als sich unvermittelt ein kuppelförmiger Raum vor ihnen öffnete.

Der wulstartige Spritzguß bedeckte hier nicht nur die Wände, sondern auch den Boden. Tarni stockte schier der Atem, als sie das mehrere Meter hohe Aggregat in der Mitte des Raumes sah.

»Der Kunststoff enthält einen besonderen Ortungsschutz«, erklärte die Frau. »Und der Transmitter – er ist für den Notfall gedacht. In wenigen Sekunden wird dieser

Stützpunkt endgültig zu existieren aufhören.« Sie aktivierte die Energieversorgung. Nicht nur das Entmaterialisationsfeld baute sich auf, sondern auch eine Reihe winziger Monitoren begann zu arbeiten. Einer davon zeigte, daß drei Springer das Schott aufgebrochen hatten und in den unterirdischen Stollen eindrangen.

»Sie kommen zu spät, der Transmitter wird nach unserem Durchgang explodieren. Schade zwar, aber nicht zu ändern. Beeilt euch!«

Der eine kurze Schritt war wie ein Schritt in eine andere Welt. Tarni Perst verspürte nur ein kurzes, kaum wahrnehmbares Ziehen; sie schloß daraus, daß sich die Gegenstation auf Red-Hot befand, vermutlich sogar in der Nähe von Booster-Town.

Der Raum, in dem sie materialisierten, war Arbeits- und Wohnzimmer zugleich. Mit einem Freudenschrei ließ Amica sich in den nächsten Sessel fallen.

Hinter ihnen war das Transmitterfeld erloschen.

Die Frau wandte sich Tarni zu und streckte ihr in typisch terranischer Geste die Hand entgegen. »Ich bin Thelma«, sagte sie, »die einzige Widder-Agentin im Umkreis von fünfzig Lichtjahren. Jedenfalls soweit mir bekannt ist.«

Eine geschlagene Stunde lang redeten sie. Tarni Perst erzählte ihre Geschichte von dem Tag an, als ihr Vater gegangen war, und Thelma erwies sich als ausgezeichnete Zuhörerin, die nur hin und wieder mit sachlichen Fragen unterbrach.

Tarni erfuhr, daß das öffentliche Datennetz von den Widdern manipuliert worden war. Ihr Vordringen in bestimmte Dateien hatte einen stummen Alarm ausgelöst, und von dem Augenblick an hatte Thelma gewußt, wo sie warten mußte. Nur hatte die Agentin nicht ahnen können, wen sie vorfand.

»Die Cantaro züchten also Mutanten«, stellte sie verbittert fest. »Wir wissen von der Absicht, aber wir hatten keine Ahnung, daß ihre Gen-Techniker schon den Durchbruch geschafft haben.«

Thelma reagierte erstaunt, als Tarni ihr sagte, daß Perry

Rhodan vermutlich in der Milchstraße weilte; sie hatte ihn und seine Gefährten für tot gehalten. Sie kannte zwar die angeblichen Ereignisse des Jahres 490 NGZ – nur war seitdem nie wieder etwas geschehen, was mit Rhodan in Verbindung zu bringen war.

Tarni Persts Hoffnung auf ein Wiedersehen mit ihrem Vater schwand dementsprechend. Bis – ja, bis Thelma gestand, daß niemand den geheimnisvollen Anführer der Widder jemals von Angesicht zu Angesicht gesehen hatte. Romulus trat sogar seinen eigenen Leuten nur im Schutz eines Deflektorschirms gegenüber.

»Er könnte also ein Unsterblicher sein?« vermutete Tarni.

Thelma zuckte nur mit den Achseln.

8.

Noch in den frühen Nachtstunden startete eine 40-Meter-Yacht vom Raumhafen auf Red-Hot. Bei der Explosion des unterirdischen Transmitters hatte Totares vermutlich alle drei Männer verloren, und Thelma kannte den Springer gut genug, um zu wissen, daß er ganz Booster-Town auf den Kopf stellen würde, um die Verantwortlichen zur Strecke zu bringen.

Die Yacht war ein Serienmodell, fertiggestellt und ausgeliefert 442 NGZ und auf Thelma Hedsville registriert, Handelsbeauftragte der Hobson-Gruppe, einem Zusammenschluß von drei terranischen Siedlungswelten. Da sie trotz des fortschreitenden Verfalls des Galaktikums immer noch genügend finanzielle Mittel nach Booster-Town brachte, genoß Thelma eine Reihe von Privilegien; eines davon war der weitgehende Verzicht auf Formalitäten. Ein kurzer Funkspruch hatte für ihre Startfreigabe genügt.

Nach dem Verlassen der Atmosphäre beschleunigte die Yacht mit Höchstwerten. Thelma fütterte den Syntron mit den Erfordernissen für drei mehr oder weniger wahllos vorzunehmende Linearetappen. Daß es in der Tat nötig war, alle Kursdaten zu verschleiern, bestätigte ein Funkspruch, der vor dem ersten Übertritt in den überlichtschnellen Flug aufgefangen wurde. Totares hatte überraschend schnell herausgefunden, wo der Empfangstransmitter stand, und er setzte alle Hebel in Bewegung, um der Yacht noch habhaft zu werden.

»Schade«, bemerkte Thelma Hedsville, »auf Red-Hot kann ich mich nicht mehr blicken lassen. Aber deine Informationen rechtfertigen hoffentlich den Verlust dieses Stützpunktes.«

Die erste Linearetappe führte mehr als 9000 Lichtjahre weit in Richtung auf das galaktische Zentrum, danach schwenkte die Yacht auf einen neuen Kurs zum Scutum-Crux-Arm ein. Während der kurzen Orientierungsaustritte ließ Thelma die Ortungen nicht aus den Augen.

Erst nach der dritten Etappe sendete sie den vorbereiteten verschlüsselten Funkspruch. Anschließend begann das Warten. Die Yacht blieb allerdings nie länger als zwei bis drei Stunden im Normalraum und veränderte jeweils mit Überlichtetappen von ein- bis eineinhalbtausend Lichtjahren ihre Position.

Nach eineinhalb Tagen traf die Antwort in Form eines gerafften Impulses ein. Im Klartext lautete er: »Nachricht empfangen und weitergeleitet. Aktueller Standort der RESISTANCE bekannt. Kontaktaufnahme zur QUEEN LIBERTY versucht, aber bisher nicht bestätigt. Vorschlag Treffen in Sektor fünf vor zwölf; Zeit dreizehn drei. Viel Glück.«

»Das heißt, daß die RESISTANCE pünktlich erscheinen wird«, erklärte die Agentin. »Was Romulus anbetrifft, müssen wir abwarten. Die QUEEN LIBERTY ist sein Flaggschiff.«

Der Treffpunkt lag im mittleren Bereich des Sagittarius-Arms, nur wenig mehr als 15000 Lichtjahre von der Erde entfernt. Je weiter die Yacht sich dem Ziel näherte, desto drängender wurde Tarni Persts Verlangen nach einem

Abstecher ins Solsystem. Erinnerungen an die Kindheit wurden wach, Heimweh nach Terra. Es war lange her, daß sie des Nachts zum Narbengesicht des Mondes aufgeschaut hatte, sie konnte sich kaum erinnern. Sie wußte nur, daß die Vollmondnächte unbeschreiblich schön gewesen waren.

Drei Tage und dreizehn Stunden, gerechnet vom Empfang des Funkspruchs – für Tarni Perst wurde das Warten zur Qual. Sie fragte sich, was aus den Schläfern der PEACE-LOVING II geworden war.

Endlich erschien das Ziel auf den Schirmen der Nahortung: eine Doppelsonne mit vier Planeten auf exzentrischen Umlaufbahnen, ausgeglühte, taube Gesteinswüsten ohne Atmosphäre. Die Verhältnisse innerhalb des Systems waren zu extrem, als daß je ein raumfahrendes Volk versucht hätte, hier einen Stützpunkt oder auch nur eine Relaisstation zu errichten.

Zwischen den Sonnen tobte ein energetisches Chaos. Glühende Materieschleier wirbelten um das gemeinsame Schwerkraftzentrum und tauchten die Planeten in unregelmäßigen Abständen in Schauer harter Strahlung.

Die Pilotin programmierte einen Kurs, der beide Sonnen in respektvollem Abstand tangierte. Aus dem Funkempfang drangen nur Störgeräusche.

Amica fand das alles furchtbar spannend und aufregend, die Hologramme faszinierten sie. Tarni entsann sich, daß sie als Kind nicht minder begeistert gewesen war. Der Weltraum war ihr damals als große Verlockung erschienen.

Die Ortungen zeichneten. Hinter einer sich weit aufblähenden Bogenprotuberanz war ein Raumschiff erschienen.

»Keine Identifizierung!« meldete der Syntron. »Fluchtbeschleunigung noch möglich in den nächsten zwanzig Sekunden.«

»Und danach?« wollte Tarni Perst wissen.

»Dann haben wir selbst bei Höchstbeschleunigung keine Chance mehr für ein Ausweichmanöver.«

»Zehn Sekunden … «

Der Funkempfang registrierte Dreiergruppen. Nur für Sekunden ergaben sie in der optischen Umsetzung ein flammendes Emblem, ein stilisiertes terranisches ›R‹.

»Bestätigungscode«, befahl Thelma Hedsville. Und an Tarni gewandt, sagte sie: »Das Schiff ist die RESISTANCE. Unser Rendezvous erfolgt ab sofort syntrongesteuert.«

Bei einer Distanz von nur mehr 50 000 Kilometern stand die Hyperkomverbindung. Ein junger Mann lächelte vom Schirm.

»Ich grüße dich, Thelma. Wie es aussieht, hast du uns einiges zu bieten.« Er stutzte, als Tarni in den Erfassungsbereich trat. »Tarni Perst«, erklang es überrascht. »Ich war mir nicht sicher, als ich den Namen hörte, aber wenn ich mich recht entsinne, gehörtest du zu den Schläfern an Bord des Frachters. Damals hätte ich nicht geglaubt, daß wir uns wiedersehen würden. Wir konnten dem Cantaro-Schiff gerade noch entkommen.«

»Damals«, echote die Terranerin. »Das klingt so distanziert. Dabei sind schlimmstenfalls acht Wochen vergangen.«

Ada stutzte. Seine wasserhellen Augen fixierten Tarni. Gleichzeitig bemerkte er Amica und sperrte ungläubig den Mund auf.

»Ich wußte nicht, daß du eine Tochter hast. Aber … wieso … sie war doch nicht auf dem Fracht … «

»Amica ist nicht meine Tochter.«

William Ada begriff in dem Moment überhaupt nichts.

»Amica ist weder meine Tochter noch meine Zwillingsschwester«, stieß Tarni Perst hastig hervor. »Sie ist – wie soll ich sagen? – sie ist ich.«

Ada schüttelte verwirrt den Kopf.

»Die Cantaro haben Amica geklont«, fuhr Tarni ungerührt fort; sie hatte sich längst mit Tatsachen abgefunden, die andere erst verdauen mußten.

»Fünfzehn Monate sind seit unserem letzten Zusammentreffen vergangen«, sagte Ada gedehnt. »Ich frage mich, was die Droiden mit dir angestellt haben, daß du das nicht mehr weißt.«

Tarni wurde einer Antwort enthoben, denn ein großes Raumschiff beendete nur wenige Lichtsekunden entfernt den Metagravflug. Vibrationsalarm erschütterte die Yacht.

»Kollisionskurs!« warnte die Syntronik und blendete rasch wechselnde Distanzangaben und die Scanner-Daten ein.

Das Schiff war ein 200 Meter durchmessender Kugelraumer mit charakteristischem Ringwulst und offenen Hangars aus Container-Dockingbuchten und Beiboot-Ankerplätzen. Einige der Hangars waren nachträglich angeschlossen worden und beherbergten offenbar verstärkte Antriebseinheiten.

Der Name des Schiffes prangte in großen Lettern auf der Außenhülle: QUEEN LIBERTY.

Drei Stunden später: Die Raumyacht und die Space-Jet standen sicher auf den Ankerplätzen des Kugelraumers. Im Schutz der gestaffelten Paratron-Schirmfelder tauchte die QUEEN LIBERTY in die äußere Sonnenatmosphäre ein und war damit vor Fremdortung sicher.

Tarni Perst und Amica bezogen eine geräumige Kabine nahe der Hauptzentrale. Zwei weibliche Offiziere hatten sie im Namen der Schiffsführung begrüßt und ihnen nötige Erklärungen gegeben. Es herrschte ein herzlicher Tonfall; die Menschen an Bord wirkten weder verbittert, noch in sich gekehrt, sondern waren von natürlicher Freundlichkeit. Daß mitten in der Kabine, in einem Fesselfeld, ein Strauß frischer Schnittblumen drapiert worden war, erfüllte Tarni erneut mit Heimweh. Niemand hatte wissen können, wie es um sie stand, deshalb nahm sie die Geste als Aufmerksamkeit, so wie sie wahrscheinlich auch gemeint gewesen war.

»Euch bleibt genügend Zeit, um euch frischzumachen«, sagte Laydia Andessen, einer der Offiziere. Sie bedachte Amica mit forschendem Blick und zwinkerte dem Mädchen zu. »Falls ihr die Folienkleidung loswerden wollt, ich lasse euch die üblichen Bordkombinationen bringen.« Nachdenklich ruhte ihr Blick immer noch auf Amica.

»Wann kann ich mit dem Kommandanten reden?« wollte Tarni wissen.

»Sicher sehr bald«, wich Laydia aus.

»Mein Bericht dürfte wichtig sein.«

»Das wurde meines Wissens über Funk mitgeteilt.« Laydia schickte sich an, die Kabine zu verlassen. Unter dem Schott blieb sie noch einmal stehen. »Du kommst von einer Gen-Station der Cantaro?« Tarni nickte. »Deine Tochter sieht dir so ähnlich ... ich meine, wie aus dem Gesicht geschnitten.«

»Du willst wissen, ob Amica ein Klon ist.« Tarni mochte es nicht, wenn jemand derart um den heißen Brei herumredete anstatt offen zu sagen, was ihn interessierte.

Laydia Andessen lächelte entschuldigend. Sie hatte bemerkt, daß sie der Terranerin zu nahe getreten war. Trotzdem sagte sie: »Der Gedanke ist naheliegend, oder glaubst du nicht?«

»Amica ist knapp sieben Jahre alt. Frag William Ada, wann die Cantaro mich von Bord der PEACE-LOVING II geholt haben.« Tarni glaubte nicht, daß Laydia Andessen eine solche Auskunft einholen würde. Nicht daß sie davor zurückgescheut hätte, sich zu Amica zu bekennen, egal auf welche Weise sie gezeugt worden war, sie fürchtete nur, daß dem Mädchen Ressentiments entgegenschlagen würden, sobald ihre Herkunft publik wurde. Im Grunde war das Kind ein Geschöpf der Cantaro. Wenn Tarni jemandem die Wahrheit sagen würde, dann Romulus, dem Kopf der Widder. *Quando,* dachte sie betroffen. *Bist du Romulus?* Sie wußte wirklich nicht, was sie glauben sollte.

Mit einem hastig gemurmelten »Nichts für ungut« war Laydia verschwunden.

Amica stürzte sich begierig auf ein Holo-Spiel, ein dreidimensionales Puzzle, dessen bizzare Teile wie aus dem Nichts heraus entstanden und sich in alle Richtungen drehen ließen. Amica verstand die Funktion überraschend schnell und hatte schon nach wenigen Minuten die erste Figur, einen gut achtzig Zentimeter hohen Blue, fehlerlos zusammengesetzt. Tarni glaubte nicht, daß sie selbst es so schnell geschafft hätte. Als das Mädchen den Schwierigkeitsgrad mehrere Stufen höher einstellte, lehnte Tarni sich auf ihrer Liege zurück. Die Hände unter dem Kopf verschränkt, starrte sie hinauf zu der Decke, die eine Projektion des nächtlichen Sternenhimmels über Terra zierte.

»Servo«, bat sie, »ich möchte Luna sehen.« Eine breite Sichel stieg über den fiktiven Horizont herauf, das pockennarbige Antlitz des heimischen Mondes, und Tarni schaffte es endlich, sich zu entspannen. Zum ersten Mal seit langem fühlte sie sich wirklich wieder wohl. Langsam stieg der Mond höher ...

Nach einer Weile – Tarni hätte in dem Moment nicht zu sagen vermocht, wieviel Zeit mit der Betrachtung des irdischen Sternenhimmels vergangen war; Amica war immer noch in das 3-D-Puzzle vertieft und im Begriff, die Halbwelt Wanderer zusammenzusetzen – erklang das Summen des Türmelders. Tarni war keineswegs überrascht, daß William Ada sie besuchte. Er brachte mehrere lindgrüne Kombinationen, die er kurzerhand über einen Sessel legte.

»Ich soll das den Damen geben«, sagte er und bedachte Amica mit einem aufmunternden Blick. »Wie ich sehe, hast du dich schon eingewöhnt, kleines Fräulein.« Das Thema der Ähnlichkeit überging er geflissentlich, dann wandte er sich an Tarni: »Ich hätte nicht geglaubt, daß wir uns wiedersehen, schon gar nicht unter derartigen Umständen. Thelma tat in ihrem Funkspruch mächtig geheimnisvoll, und jetzt schweigt sie sich aus. Sie will dich reden lassen, sagt sie.«

»Was ist aus der PEACE-LOVING II geworden?« Tarni suchte sich bereits eine der Freizeit-Kombinationen aus. Das Oberteil, das ihr am besten gefiel, besaß dreiviertel lange, schräg angeschnittene Ärmel und einen halbrunden Ausschnitt. Das Lindgrün schimmerte in verschiedenen Schattierungen.

Adas Miene verhärtete sich. »Wir wissen es nicht«, räumte er ein. »Bisher konnten wir nur vermuten, daß die Cantaro den Frachter und die Schläfer verschleppt haben. Hinweise darauf, daß das Schiff zerstört worden wäre, gab es jedenfalls nicht.«

»Wann kann ich mit dem Anführer der Widder reden?« Tarni schlüpfte aus dem Folienoverall und streifte die Kombination über. Es amüsierte sie, Ada beinahe in Verlegenheit zu bringen. Er wußte plötzlich nicht mehr, wohin er schauen sollte.

Wie lange hatte sie nicht mehr in den Armen eines Mannes gelegen? Sie spürte, wie das Blut heftiger durch ihre Adern pulsierte, wie ihre Haut sich an den Schultern und am Hals rötete. Ada gefiel ihr, das hatte sie schon an Bord des Frachters festgestellt. Dabei hätte sie durchaus seine Großmutter sein können – zumindest was ihr relatives Alter anbelangte.

»Ich hoffe, du entschließt dich, bei uns zu bleiben«, sagte Ada in dem Moment.

»Das hängt nicht allein von mir ab.«

»Sondern?«

»Ich denke, daß mehrere Faktoren den Ausschlag geben werden.«

Ada nickte anerkennend. »Ich soll dich zu Romulus bringen«, bemerkte er wie beiläufig. »Und das Mädchen auch.«

»Wann?«

»Sobald du willst.«

»Dann sofort«, entschied Tarni. Eigentlich konnte sie es nicht mehr erwarten, endlich dem geheimnisvollen Anführer der Organisation gegenüberzustehen. Die Frage nach ihrem Vater brannte ihr auf den Lippen.

Unwillkürlich hielt Tarni Perst den Atem an. Nie zuvor hatte sie die Milchstraße mit ihren zweihundert Milliarden Sonnenmassen aus der Distanz von mehreren hunderttausend Lichtjahren gesehen – eine langsam rotierende glühende Spirale vor dem Hintergrund samtener Schwärze. Für einen kurzen Augenblick glaubte sie, nur die Hand ausstrecken zu müssen, um die Wunder der Schöpfung berühren zu können. Und beinahe jeder schimmernde Fleck außerhalb der Milchstraße war eine eigene riesige Galaxie.

Das Gefühl, frei inmitten der Ewigkeit zu schweben, hatte etwas Erhabenes. Dabei ersetzte die Abbildung nur eine einzige Wand.

Trotz dieses Eindrucks war der Raum nicht übermäßig groß. Die Einrichtung erschöpfte sich in einer ringförmigen, frei schwebenden Tischplatte und einem halben Dutzend Kontursessel. Ein holografisches Bild hing an der Stirnseite, eine faszinierende Aufnahme, die nur zwei ineinander verschränkte Hände zeigte. Die eine Hand gehörte einem Terraner, die andere war die eines echsenartigen Fremdwesens, grün, schuppig und mit langen Klauen. Deutlicher als mit diesem Bild konnten Gemeinsamkeit und Frieden trotz grundverschiedenem Äußeren nicht ausgedrückt werden.

»Romulus ist nicht da«, stellte Tarni Perst enttäuscht fest. Sie wußte selbst nicht so genau, was sie eigentlich erwartet hatte – vielleicht, daß Perry Rhodan auf sie zueilte und ihr die Hand reichte, oder daß einer der Sessel herumschwang und Quando Perst sie anlachte.

»Wer ist Romulus?« fragte Tarni Perst heiser.

Ada schüttelte den Kopf. »Ich kann es dir nicht sagen, Tarni.«

»Warum? Vertraut man mir nicht?«

»Das hat andere Gründe.« Die Stimme erklang unvermittelt von der gegenüberliegenden Seite des Tisches. Eine Projektion? Überrascht wandte Tarni sich an Ada: »Was soll das?«

»Eine kleine Sicherheitsmaßnahme. Bitte fasse sie nicht als Mißtrauen auf, Tarni Perst. Kaum ein Widder kennt mich anders als unter meinem Decknamen.«

»Romulus.« Sie starrte den leeren Sessel an.

»Ein Geist?« fragte Amica naiv. Sie wollte aufspringen, aber Tarni hielt sie zurück.

»Nur die kleine technische Spielerei eines Deflektorschirms«, erklärte Romulus. Die Terranerin lauschte dem

Klang der Stimme – nein, sie konnte nicht einschätzen, wer da vor ihr saß.

»Perry Rhodan?« entfuhr es ihr. »Oder Quando?« Sie glaubte förmlich zu spüren, wie ihr unsichtbarer Gegenüber zusammenzuckte. Die Frage, wieso sie ausgerechnet diese Namen nannte, war unvermeidlich. Tarni versuchte, möglichst präzise, aber doch nicht allzu ausschweifend wiederzugeben, was der Cantaro Camaarden ihr in seiner Überheblichkeit verraten hatte. Als sie geendet hatte, schwieg Romulus.

»Ich kann mir nicht vorstellen, daß die Cantaro derartige Gerüchte für bare Münze nehmen«, sagte William Ada nach einer Weile.

»Es ist alles nur Lüge?« Tarnis Enttäuschung war deutlich.

»Ich bin nicht Perry Rhodan«, eröffnete ihr Romulus, »und ich weiß nicht, wo die CIMARRON und dein Vater sich aufhalten. Aber ich weiß, daß Perry und seine Getreuen nicht tot sind. Ich habe selbst mit ihnen gesprochen.«

»Wann?« platzte Tarni heraus.

Ihr unsichtbarer Gegenüber lachte leise. »Der Faktor Zeit ist manchmal unberechenbar. Trotzdem weiß ich es noch wie heute: Es war am 23. März 490.«

»Du bist selbst ein Unsterblicher?«

Romulus reagierte ausweichend. »Warum reden wir nicht über die wichtigeren Dinge der Gegenwart? Über den Grund, weshalb du uns gesucht hast.«

»Tarni denkt und handelt wie ein Widder-Agent«, wandte William Ada ein. »Ich behaupte sogar, sie hat ihren ersten Einsatz für uns schon hinter sich.«

Inzwischen hatte die Terranerin sich daran gewöhnt, mit einem Unsichtbaren zu reden. Welche Gründe Romulus haben mochte, sich nicht zu zeigen; ihr blieb nichts anderes übrig, als sein Verhalten zu akzeptieren.

Sie erzählte ausführlich, stellte aber dabei fest, daß sie eigentlich sehr wenig Details kannte. In der Gen-Station auf Becknamborr wurden Mutanten gezüchtet. Das war der Punkt, der die Widder interessierte, einer solchen Entwicklung galt es frühzeitig Einhalt zu gebieten. Auch Amica wurde befragt. Das Mädchen reagierte durchaus verständig, aber wesentlich Neues ergab sich nicht.

Offenbar leiteten nur zwei Cantaro die Station, ansonsten arbeiteten auf der Dschungelwelt überwiegend Aras, Arkoniden und einige Akonen. Die Forschungen hinsichtlich der Isolierung parapsychischer Gene hatten Priorität, allerdings schien die Retortenzeugung besonders begabter Wesen noch dem Zufall zu unterliegen. Eine Auswertung durch den Syntron der QUEEN LIBERTY ergab mehr als 96 Prozent Wahrscheinlichkeit dafür, daß es den Gen-Technikern noch nicht gelungen war, gezielt übernatürliche Fähigkeiten heranzuzüchten. Die mißgebildeten Mutationen stellten mehr oder weniger Zufallsprodukte dar, und das war wohl der Grund, weshalb der Gen-Müll nicht deportiert oder wiederverwertet wurde.

»Die Cantaro experimentieren«, stellte Ada fest. »Aber schon die Experimente sind ein Verbrechen.«

»Nichts anderes«, pflichtete Romulus bei. »Deswegen sehe ich es als unsere Pflicht an, den Anfängen zu wehren. – Tarni Perst, dein Einsatz für die Widder war weitaus wertvoller, als du selbst ahnen konntest. Du und deine Tochter seid in unseren Reihen willkommen. Vorausgesetzt natürlich, ihr könnt euch für ein unstetes, gefahrvolles Leben entschließen.«

»Ich habe meine Wahl schon auf Becknamborr getroffen«, sagte Tarni.

»Und ich bleibe bei meiner Mutter«, fügte das Mädchen hinzu.

»Wir müssen die Station auf Becknamborr vernichten«, sagte Romulus. »Der Entschluß steht fest. Kennst du wenigstens ungefähr die Position der Dschungelwelt?«

»Dann müssen wir uns an die Springer halten«, bemerkte Ada. »Es dürfte nicht allzu schwer sein, die MOGHUIRA I aufzuspüren. Ihr letzter Aufenthalt ist bekannt.«

»Und dann wird sich die Geschichte wiederholen«, betonte Romulus. »Wie vor den Toren Trojas.«

Von einer Stadt namens Troja hatte Tarni nie gehört. Trotzdem scheute sie sich, danach zu fragen.

Zwei Tage nach dieser Unterredung wurde von einer Relaissonde der QUEEN LIBERTY die Nachricht empfangen, daß der Springer-Frachter MOGHUIRA I den Planeten Red-Hot mit unbekanntem Ziel verlassen hatte.

»Wir kriegen das Schiff«, behauptete William Ada, »und wenn wir Himmel und Hölle in Bewegung setzen müssen.«

Vorerst sah es allerdings nicht danach aus. Die QUEEN LIBERTY verließ ihren Sonnenorbit und drang in mehreren Überlicht-Etappen tiefer in die Milchstraße vor.

Tarni Perst hielt sich in dieser Zeit viel in der Zentrale des Schiffes auf, und Amica bestaunte die perfekt funktionierende Technik.

Hyperfunksprüche gingen in alle Regionen der Milchstraße. Nie zuvor waren so viele WIDDER-Agenten gleichzeitig für die Suche nach einem einzelnen Schiff eingesetzt worden, dennoch erschien Tarni das Vorhaben wie die Suche nach der berüchtigten Nadel im Heuhaufen. Nachdem eine Woche ergebnislos verstrichen war, glaubte sie nicht mehr an einen Erfolg.

In dieser Zeit lernte sie mehr über die Cantaro, unter deren Joch die Milchstraße litt. Viele der einst blühenden Zivilisationen lebten inzwischen am Rande der Sklaverei, und es waren größtenteils subtile Methoden, mit denen die Droiden sich die Galaktiker gefügig gemacht hatten. Bildung und Wissen galten heute weit verbreitet als die Ursache allen Übels, Suggestivschulungen wurden geächtet – schließlich war Unwissen die Grundlage für fehlende Kritikfähigkeit, und eine Herde dummer Lämmer war allemal leichter zu führen als ein einziger widerspenstiger Schafbock. Tarni schmunzelte zwar über den Vergleich, doch nur für einen Augenblick: Das Schicksal ganzer Völker war ein viel zu ernstes Thema. Überhaupt empfand sie die Cantaro inzwischen als überragende Demagogen, die ein umfassendes Netz aus Beeinflussungen aller Art aufgebaut hatten.

Hinzu kam, daß natürliche Geburten manchenorts schon verpönt waren und nur noch künstlich in Gen-Fabriken geklonte Lebewesen als achtbar galten. Eine überaus gefährliche Entwicklung, die weiteren Manipulationen Tür und Tor öffnete.

Während seiner Freizeit war Ada häufig mit Tarni und Amica zusammen, er führte die beiden durch alle Sektionen des Schiffes und registrierte zufrieden, daß sich ein angenehmes Verhältnis zwischen ihnen entwickelte. Obwohl die Terranerin nicht darüber redete, glaubte er zu spüren, daß sie ihn ebenfalls mochte.

Zweieinhalb Wochen später traf die Meldung ein, daß der Springer-Frachter MOGHUIRA I erst vor kurzem auf Aralon gelandet war und dort allem Anschein nach gerade hochwertige medizinisch-technische Ausrüstungen an Bord nahm.

»Wir können mit fünfzigprozentiger Wahrscheinlichkeit davon ausgehen, daß diese Güter für die Gen-Station auf Becknamborr bestimmt sind«, sagte Romulus. »Die Zeit des Wartens ist vorüber, wir schlagen zu.«

Die Spannung an Bord der QUEEN LIBERTY vermittelte Tarni Perst das Gefühl, auf einem Pulverfaß zu sitzen, dessen Lunte jeden Moment von unsichtbarer Hand angesteckt werden konnte. Die Hyperfunkaktivitäten wurden jäh vervielfacht; Tarni gewann den Eindruck einer umfassenden Mobilmachung.

»Romulus hat einen Plan«, sagte Ada nur, als sie ihn darauf ansprach. »Details müssen abgestimmt werden; vorher erfährt niemand, was beabsichtigt ist.«

»Wir werden also wirklich die Cantaro-Station auf Becknamborr angreifen.« Tarni dachte an ihren Traum, an die marschierenden Kampfroboter und an ihr Versprechen, das sie den Bionten gegeben hatte. »Selbstverständlich nehme ich an dem Einsatz teil«, sagte sie in einem Tonfall, der keinen Widerspruch zuließ.

»Ich glaube«, versetzte Ada, »Romulus wird dich sogar rechtzeitig darum bitten.«

Wenige Stunden später forderte der Anführer der Widder seine maßgeblichen Leute zur Lagebesprechung. Auch diesmal trat er nur in der Anonymität des Deflektorschirms auf.

Wer bist du? dachte Tarni intensiv. *Ich will es wissen.* Sie schaffte es nicht, die quälende Frage aus ihren Überlegungen zu verdrängen.

»Wir haben die Nachricht erhalten, daß die MOGHUIRA I morgen mittag unserer Bordzeit Aralon verlassen wird.«

»Konnte unser Agent das Flugziel in Erfahrung bringen?«

»Ein Zugriff auf die Klinik-Syntrons war ihm nur beschränkt möglich, jedes weitere Vordringen in das System hätte einen Verlust seiner Tarnung bedeutet. Kurz gesagt: Uns liegen nur unvollständige Kursdaten vor.«

»Aber es ist nach wie vor anzunehmen, daß Becknamborr von den Springern angeflogen wird?« wandte Tarni Perst ein.

»Diese Frage ist für unser Vorhaben nicht von ausschließlicher Bedeutung. Obwohl ein eindeutiges ›Ja‹ hilfreich wäre. Der Faktor Zeit erscheint im Augenblick weitaus wichtiger. Wir müssen davon ausgehen, daß der Flug der MOGHUIRA I keinesfalls zu lange verzögert werden darf.«

In einer syntrongesteuerten holografischen Simulation legte Romulus seine Absichten dar, bei denen das Springer-Schiff den Dreh- und Angelpunkt darstellte. Von besonderer Bedeutung stellte sich die Tatsache heraus, daß die MOGHUIRA I nur mit minimaler Besatzung flog. Die Informationen des Widder-Agenten besagten, daß Moghuira in seiner Sippe als extremer Eigenbrötler galt, mit dem man besser keine allzu innigen Kontakte pflegte.

»Uns erwachsen daraus nur Vorteile«, lachte Ada.

»So sehe ich es auch«, pflichtete Romulus bei.

Die Besprechung dauerte ohne Unterbrechung beinahe drei Stunden. Tarni Perst schwirrte danach der Schädel. Teilweise waren hitzige Debatten geführt worden, einige Offiziere hatten das geplante Unternehmen schlicht als Himmelfahrtskommando bezeichnet. Doch das hatte Tarni nicht von ihrer freiwilligen Teilnahme abhalten können. Sie fragte sich momentan nur, wie sie Amica das beibringen sollte. Falls ihr während des Einsatzes etwas zustieß, würde das Mädchen allein zurückbleiben. *Aber immerhin unter Freunden,* schoß es Tarni durch den Sinn. *Und selbst wenn ich den Tod finde, in ihr lebe ich weiter.*

Amica sagte nicht viel, als Tarni spät an diesem Abend in die gemeinsame Kabine zurückkehrte. Sie hatte bereits geschlafen und schaute Tarni sinnend an.

»Du wirst in die Station der Droiden zurückkehren?« fragte sie leise.

»Es ist meine Pflicht. Kind, ich ... «

»Du mußt mir nichts erklären, Mum.« Zum erstenmal sagte Amica Mum zu ihr; Tarni spürte ein heißes Aufwallen, doch diesmal sträubte sie sich gegen die aufkommenden Erinnerungen. »Jeder von uns hat Pflichten, die er erfüllen muß.« Ein eigenartiger Ausdruck erschien in den Augen des Mädchens, beinahe ein Hauch von Trauer.

Tarni war froh, daß ihr Klon sich wieder zum Schlafen zusammenrollte, und gleichzeitig war sie wütend auf sich selbst, weil sie dies dachte.

Sie schlief unruhig und spürte im Unterbewußtsein, wie sie sich von einer Seite auf die andere wälzte. Sie schwitzte, im nächsten Moment fror sie, und das eigene gequälte Stöhnen schreckte sie immer öfter auf. Als laste ein Alpdruck auf ihrer Seele.

»Nein«, hörte sie sich wimmern, »das nicht. Ich kann nicht!«

Ihr Schlaf wurde oberflächlich, mit offenen Augen starrte sie ins Leere. Endlich richtete sie sich auf, schlüpfte in die Bordkombination und verließ die Kabine. Ihre Bewegungen wirkten eckig und unkonzentriert.

Tarni kannte sich an Bord des Schiffes inzwischen so gut aus, als hätte sie schon immer zur Stammbesetzung gehört. Adas Führungen hatten dazu aber nur einen Teil beigetragen, das restliche Wissen bezog die Terranerin aus einer Hypnoschulung.

Zielstrebig bewegte sie sich durch die Korridore zwischen den Mannschaftsunterkünften. Hier lagen auch die Freizeitbereiche sowie die Medostation.

Den Antigravschacht beachtete sie nicht. Vielmehr benutzte sie die für Notfälle vorgesehene Treppe einige Meter weiter, die sie drei Decks höher wieder verließ. Unterhalb der Transmitterstation betrat sie den Zentralkugelbereich. Hier lag nicht nur die Hauptzentrale mit den Kommunikations- und Steuersystemen, es gab auch mehrere Räume, über die im Schulungsprogramm nichts ausgesagt worden war.

Tarni fragte sich nicht, woher sie dieses Wissen bezog, es war einfach da.

»Wohin wollt ihr?« erklang es hinter ihr.

Sie hielt abrupt inne. Langsam wandte sie sich um. Sie hatte keine Ahnung, woher der Mann gekommen war, der zur Führungscrew gehörte.

»Ich ... «, begann Tarni. *Was wollte sie wirklich hier, wie war sie überhaupt in diesen Bereich gekommen? Alles, woran sie sich erinnerte, war, daß sie schlecht geträumt hatte.*

»Ist dir nicht gut?« Der Widder kam näher. »Du wirkst blaß. Und deine Tochter ... «

Lautlos schnellte Tarni nach vorne. Ihre Faust knallte gegen den Kehlkopf des Mannes, der von dem Angriff völlig überrascht wurde. Sein Gesicht verzerrte sich, er rang nach Luft, aber da gruben sich Tarnis Daumen schon tief in seine Halsschlagadern.

Mühelos fing sie den schlaff zusammensackenden Körper auf und schleifte ihn einige Meter weit bis zur nächsten Wandnische. Den handlichen Kombistrahler, den er im Holster trug, nahm sie an sich, paralysierte den Mann mit einer vollen Ladung und schaltete die Waffe auf Thermoenergie um.

Ihre flink tastenden Finger fanden den kleinen Impulsgeber, der mit persönlicher ID-Kennung auch verriegelte Schotten öffnete.

Der Korridor teilte sich, wurde zu einem ringförmig verlaufenden Gang. Es gab keine Hindernisse. Trotzdem zögerte Tarni; ihr Blick huschte die Wände entlang, und plötzlich lag ein Aufblitzen in ihren Augen. Sie hatte das winzige Sensorfeld im unteren Wanddrittel entdeckt und drückte den Impulsgeber dagegen. Ein kurz aufflackerndes grünes Leuchten verriet, daß der Weg nun frei war. Weder aktivierte sich ein Energiefeld, noch wurde eine Kontrollmeldung weitergeleitet.

Tarni Perst verschwendete keinen Gedanken daran, was sie ohne den Impulsgeber getan hätte.

Weiter! drängte eine lautlose Stimme in ihr.

Ein verborgenes Schott, eigentlich nur ein winziger Haarriß in der Wand. Der Öffnungsmechanismus simpel, auf Druck oder Wärme reagierend – woher wußte sie, daß er genau an dieser Stelle lag? Sie konnte sich nicht entsinnen, daß das Schulungsprogramm darauf hingewiesen hätte.

Vorübergehend machte sich Unbehagen in ihr breit, das Gefühl, Dinge zu tun, die sie später bereuen würde.

Unwichtig! Ich habe eine Aufgabe zu erfüllen.

Das Schott glitt auf. Der Raum dahinter war angefüllt mit technischen Gerätschaften. Bildschirme, Kommunikationseinrichtungen, doch alles deaktiviert.

Für einen Moment hielt Tarni inne und sog prüfend die Luft ein. Sie roch den Hauch eines Duftes, den sie vor Tagen schon einmal wahrgenommen hatte. Als Romulus ihr zum erstenmal im Schutz der Unsichtbarkeit entgegengetreten war.

Ihre Bewegungen hatten etwas marionettenhaft Steifes. Im Durchgang zur angrenzenden Kabine blieb sie stehen.

»Servo«, sagte sie, »aktiviere die Beleuchtung.«

Das Licht flammte keineswegs abrupt auf, sondern wurde stufenlos hochgeregelt. Die kombinierte Wohn- und Schlafkabine zeigte unverkennbar die individuelle Handschrift ihres Bewohners.

Tarnis Blick fiel auf eine lebensgroße holografische Abbildung. Sie stammte aus einer Zeit, in der man die dargestellten Personen noch gekannt hatte: Perry Rhodan, Atlan, Reginald Bull, Julian Tifflor und Gucky.

Tarni Perst reagierte verwirrt. Für einen kurzen Moment erschien es ihr, als würde ein Schleier vor ihren Augen zurückgezogen.

Töte ihn! dröhnte es in ihrem Schädel. Ein unwiderstehlicher Zwang.

Tarni schoß. Der Thermostrahl traf die Liege und flutete auffächernd darüber hinweg. Im allerletzten Moment hatte sich Romulus allerdings auf den Boden fallen lassen.

»Tarni«, keuchte er, »bist du verrückt?«

Verrückt? Sie lauschte dem Klang der Stimme, dann drückte sie zum zweitenmal ab. Aber auch der Schuß ging fehl, verflüssigte lediglich den Bodenbelag in einem eng begrenzten Bereich.

Was tat sie überhaupt? Sie verstand nicht ...

Töte ihn!

Sie starrte auf die Waffe, wollte die Finger öffnen, doch sie konnte es nicht. Etwas Unheimliches zwang sie, erneut auf den Auslöser zu drücken.

Der Thermostrahl fraß sich in das Hologramm. Bulls Konterfei flammte irrlichternd auf, danach zerstob Atlan in einer Vielzahl zuckender Entladungen.

Tarni Perst schrie gellend auf. Ihr Schädel drohte zu zerspringen, wie mit glühenden Nadeln stach es durch ihre Schläfen. Sie kannte Romulus, hatte ihn schon im ersten Moment identifiziert. Er war ein Unsterblicher.

Schieß! Niemand ist wirklich unsterblich.

Vergeblich kämpfte Tarni gegen die Stimme in ihrem Innern an. Ihre Augen brannten wie Feuer, sie zitterte, alles vor ihr begann sich zu drehen ... Jemand rempelte sie an, versuchte ihr die Waffe zu entreißen, aber Tarnis Finger waren wie mit dem Strahler verwachsen.

Laß los!

Warum sollte sie? Ihre Aufgabe war es, Romulus zu töten. Sie ... »Amica«, brachte sie stockend hervor. Der Klon versuchte, ihr die Waffe zu entwinden. War das Mädchen vorhin schon an ihrer Seite gewesen, ohne daß sie es bemerkt hatte? Sie erschrak vor der Tatsache, daß Amica sie suggestiv beeinflußte. Besaß das Mädchen Mutantenfähigkeiten?

Begreifst du endlich, Mum? dröhnte es spöttisch durch ihren Schädel. *Du bist doch nur Camaardens Werkzeug.*

Tarni drückte ab.

Ein gellender Aufschrei. Amica wurde herumgewirbelt, ihre Schulter war verbrannt, trotzdem warf sie sich sofort wieder nach vorne.

Töte Romulus!

Ein Schemen wuchs vor ihr auf. Tarni schoß, sie konnte nicht mehr anders.

Im nächsten Moment herrschte Stille. Unbegreiflich.

»Es ist vorbei«, sagte der Anführer der Widder.

»Homer G. Adams«, formten Tarnis Lippen seinen Namen.

Endlich fiel der Strahler zu Boden, neben das reglose Mädchen. Der Anblick der gräßlichen Brandwunde ließ für Tarni eine Welt zusammenbrechen.

»Amica«, murmelte sie, »nein, du warst nie meine Tochter. Nicht ich war das Werkzeug der Cantaro, sondern du.« Zögernd wandte sie sich an Adams: »Ich weiß nicht, wie das geschehen konnte, aber ich glaube, es ist vorbei.«

9.

Wieder war sie eingesperrt. Ihre Sehnsucht nach Freiheit und einem Leben für den Frieden war wie eine bunt schillernde Seifenblase zerplatzt.

Alles erschien ihr wie ein böser Traum, doch ihre Hoffnung, aufzuwachen und festzustellen, daß die Wirklichkeit ganz anders war, erfüllte sich nicht. Sie hatte versucht, Romulus zu töten, und sie fragte sich verzweifelt nach dem Grund.

»Ich weiß es nicht«, beteuerte sie abgehackt im Selbstgespräch.

»Ich weiß es wirklich nicht.« Sie hatte das Gesicht in den Handflächen vergraben und die Augen geschlossen. Dennoch wurde sie die schrecklichen Bilder nicht los, sah Amica immer noch tot vor sich liegend, von zwei Thermoschüssen niedergestreckt. Sie hatte ein siebenjähriges Mädchen getötet ...

»Dir blieb keine andere Wahl, dich von ihrem hypnotischen Bann zu befreien«, hatte Homer G. Adams erst vor ein paar Stunden gesagt. »Jedes Zögern hätte dich in ihre Abhängigkeit zurückgeführt.«

Die kleine Amica, ihr Ebenbild, ein suggestiv begabter Klon? Tarni Perst weigerte sich, zu begreifen, daß das Kind sie beherrscht hatte. Dennoch mußte es so gewesen sein.

Vorbehaltlos hatte sie allen medizinischen und psychologischen Tests zugestimmt. Die Stunden, die sie in der Obhut der Wissenschaftler verbrachte, waren die beste Ablenkung. Tarni empfand schreckliche Angst davor, jetzt allein zu sein.

Sie hatte ihre Ideale verraten, hatte genau die Dinge mit den Füßen getreten, die ihr lieb und teuer gewesen waren. Dafür gab es keine Rechtfertigung.

»Du bist unschuldig, Tarni Perst.«

Unschuldig. Das Wort klang wie Hohn. Sie lachte heiser. Ja, verdammt, sie lachte – was hätte sie sonst tun sollen? Sie wußte doch, was sie getan hatte und wie sie sich fühlte. Nie wieder würde sie ohne Furcht in einen Spiegel schauen können; sie schreckte vor ihrem Abbild zurück.

»Die Cantaro haben dich benutzt, Tarni Perst. Wie eine Figur in einem schlechten Spiel.«

Sie stutzte, hob für einen Moment den Blick und starrte den Chefpsychologen an, der ihr gegenüber saß. Das Gefühl, daß ihre Augen wie Feuer brannten, zwang sie zu verwirrtem hektischem Blinzeln.

»Wie die Dame in einem Schachspiel?« brachte sie stockend hervor.

Der Mann schaute kurz zu Homer G. Adams hinüber, der diesmal ohne Deflektorfeld anwesend war, dann nickte er zögernd. »So könnte man sagen«, bestätigte er. »Durchaus.«

»Die Untersuchungen haben ergeben, daß du physisch und körperlich gesund bist«, sagte Adams.

»Und damit verantwortlich für alles, was ich getan habe«, vollendete die Terranerin.

»Du leidest unter dem eigenen Pessimismus, du quälst dich bis zur Selbstzerfleischung.«

»Ich rede mir nichts ein!« Tarni wurde unwillkürlich lauter. »Die Tatsachen liegen auf der Hand.«

»Eben nicht.« Homer G. Adams stand jetzt dicht vor ihr, und sie mußte zu ihm aufsehen. Aber nur für die Dauer eines Lidschlags, dann wandte sie den Kopf zur Seite.

»Sieh mich an!« donnerte der Unsterbliche. »Verlier dich nicht noch länger in Selbstvorwürfen. Ich hätte dich anders eingeschätzt.«

»Und wie?«

»Als Frau, die weiß, wie sie ihren Weg geht, die sich auch von Rückschlägen nicht unterkriegen läßt.«

»Ich habe ein siebenjähriges ... «

Adams stieß eine heftige Verwünschung aus. »Das hast du nicht. Sieh Amica als einen biologischen Roboter an; sie war genetisch auf Mord programmiert. Sie war, ebenso wie du selbst, nur Teil eines Plans, die Widder zu zerschlagen.«

Tarni zuckte mit den Achseln. Im Grunde ihres Herzens wußte sie, daß Adams recht hatte, aber konnte er auch ermessen, daß für sie die Welt zusammengebrochen war, die sie hatte aus den Angeln heben wollen? Wie vermessen sie doch gewesen war, und vor allem wie naiv.

»Deine Hirnstromkurven dokumentieren, daß du massiv beeinflußt wurdest«, argumentierte der Mediziner. »Deine eigene Psyche wurde suggestiv überlagert, und dieser Prozeß wird erst langsam kompensiert. Nach meinem Dafürhalten befindest du dich momentan in einer Art seelischer Katerstimmung. Außerdem konnten wir maßgebliche Bereiche der Hirnsektionen des Klons für kurze Zeit revitalisieren. Die Übereinstimmung gewisser Kurven läßt den eindeutigen Schluß zu, daß Amica dich beeinflußt hat. Du bist für deine Handlungen nicht verantwortlich.«

»Ich habe Amica befreit, ich habe sie an Bord der QUEEN LIBERTY gebracht, und vor allem hätte mir auffallen müssen, daß ... «

» ... sie anders war?« Homer G. Adams schüttelte den Kopf. »Worauf hätte sich dein Verdacht gründen sollen?«

Zum erstenmal scheute Tarni nicht davor zurück, ihm in die Augen zu schauen. An den Fingern der linken Hand zählte sie die Punkte ab, die ihr plötzlich wieder bewußt wurden, stockend zwar, aber schon wesentlich gefaßter als zuvor: »Meine Erinnerungslücken, die die erste Zeit auf Becknamborr betreffen; dann die Auskünfte des Cantaro, eigentlich hat er genau das wiedergegeben, was ich hören wollte; die Flucht aus der Station verlief zu reibungslos und zu einfach ... « Mit den Fingerspitzen massierte sie sich die Schläfen. »Dümmer als ich kann man sich kaum anstellen.« Sie stutzte. »Ich bin wirklich rehabilitiert?«

»In jeder Hinsicht. Wir gehen davon aus, daß du den Cantaro unfreiwillig deine Lebensgeschichte erzählt hast. Deine unerfüllte Sehnsucht nach einem Wiedersehen mit deinem Vater und deine Begegnung mit den Widdern zur Manipulation zu nutzen, dürfte einfach gewesen sein. Camaarden brauchte nur eine Vision in dir zu wecken, nämlich die, daß dein Vater möglicherweise der Anführer der Widder sei. Er wußte, daß du dann alles daransetzen würdest, dein Ziel zu erreichen. Und für uns warst du, ebenso wie deine Tochter, gänzlich unverdächtig. Allerdings muß ich zugeben, daß William Ada kurz vor dem mißglückten Attentat erstmals Zweifel geäußert hat. Daß dir gut ein Jahr in der Erinnerung fehlte, hat ihn mißtrauisch gemacht.«

Tarni atmete tief durch. Ihr schwirrte der Schädel von all den Erkenntnissen.

»Was geschieht nun?« wollte sie wissen. »Greifen wir die Gen-Fabrik an?«

»Unser Vorhaben wird unverändert verwirklicht.«

»Dann bitte ich darum, trotz allem teilnehmen zu dürfen.«

Adams lächelte leicht. »Ich hatte gehofft, daß du das

sagen würdest. Ich vermute, du willst klären, auf welcher Seite die Bionten stehen, die dir zur Flucht verholfen haben.«

»Ich habe ihnen vertraut«, sagte Tarni betreten. »Aber ich weiß jetzt, daß es Situationen gibt, in denen man nicht einmal sich selbst vertrauen darf. – Wann greifen wir an?«

»Übermorgen«, antwortete Adams. »Die Vorbereitungen sind nahezu abgeschlossen.«

Zwei Tage hatte Tarni Perst in medizinischer Obhut verbracht. Während dieser Zeit hatten die Widder zugeschlagen und die Voraussetzungen für den Flug nach Becknamborr geschaffen. Als Tarni die Aufzeichnungen zu sehen bekam, hatte sie Mühe, ihre Rachegelüste zu unterdrücken. Doch sie schaffte es. Weil sie wußte, daß Haß ein sehr schlechter Ratgeber war und weil William Ada sie bat, einfach nur sie selbst zu sein und wenigstens für die nächsten Tage alles Gewesene zu vergessen.

Die Kursdaten der MOGHUIRA I waren dank des Einsatzes des Agenten auf Aralon zwar für die zwei Metagrav-Etappen bekannt gewesen, die Widder hatten aber nur in der Nähe dieses zweiten Orientierungspunktes warten und hoffen können, daß die Springer keine andere Route wählten. Die Rechnung war aufgegangen.

Als der Frachter aus dem Hyperraum kam, registrierte die syntrongesteuerte Funkortung einen schwachen Hilferuf. Den kodierten Notruf zu entschlüsseln, war kein Problem, und der vorliegende Text veranlaßte Moghuira, den vermeintlichen Havaristen anzufliegen. Er mußte schon nach oberflächlicher Analyse des Funkspruchs der Meinung sein, daß der Zufall ihn mit einem Geheimkurier der Kosmischen Hanse konfrontiert hatte.

Die RESISTANCE wurde bewußt geopfert. Bei der Annäherung eines Springer-Beibootes rissen mehrere Explosionen den Rumpf des Diskusschiffes auf. Die Energieversorgung brach gleichzeitig zusammen, der Notruf verstummte. Entsprechend unvorsichtig ging das Enterkommando an Bord; es war ein Leichtes, die Springer mit Paralysatoren auszuschalten.

Fünfzig zu allem entschlossene Widerstandskämpfer wechselten auf das Beiboot der Springer über. Die zweite Hürde, die es zu überwinden galt, war der unumgängliche Funkverkehr mit dem Mutterschiff. Mit Syntronhilfe waren während des Anflugs alle Kanäle abgehört und ausgewertet worden, und nun ersetzte eben dieser Syntron die handlungsunfähigen Personen.

Phase drei begann, als das Hangarschott der MOGHUIRA I sich hinter dem einfliegenden Beiboot schloß. Trotz der geringen Besatzungsstärke waren die Springer den Widdern dennoch um ein Mehrfaches überlegen. Die Männer der RESISTANCE und der QUEEN LIBERTY machten diesen Nachteil durch die Überraschung wett. Im Schutz von Deflektoren verließen sie den Hangar und drangen Richtung Zentrale vor.

Der Alarm wurde zwar frühzeitig ausgelöst, vermutlich durch eine Energieortung, aber die ersten Widder hatten zu dem Zeitpunkt schon die neuralgischen Stellen des Schiffes erreicht und streckten mit ihren Lähmwaffen die völlig überraschten Händler nieder. Vereinzelt aufflammender Widerstand wurde schnell gebrochen.

Dreieinhalb Stunden nach dem Aussenden des ersten verstümmelten Notrufs meldete William Ada von Bord der MOGHUIRA I den Vollzug der Operation.

Weitere acht Stunden vergingen, bis die Widder alle Sperren des Bordrechners überwunden hatten und als befehlsberechtigt anerkannt wurden. Während dieser Zeit wurde bedingungslos rein Schiff gemacht, die gesamte Ladung, mochte sie noch so wertvoll sein, ins All befördert.

Schon kurze Zeit nach Bestätigung des erfolgreichen Piratenakts hatte die QUEEN LIBERTY den Hyperraum verlassen. Eine Hundertschaft Kampfroboter wechselte auf die Springer-Walze über und mit achtzig teilweise mit SERUNS ausgerüsteten Widdern ein Viertel der Stammbesatzung.

Innerhalb von zehn Stunden erschienen zwei weitere,

allerdings kleinere Kugelraumer im Metagravflug. Sie brachten zusätzlich sechzig Kampfroboter und eine insgesamt dreißigköpfige Verstärkung für die Crew auf dem Frachter.

Das war der Zeitpunkt, zu dem Tarni Perst mit dem letzten Shuttle auf die MOGHUIRA I überwechselte. Exakt dreißig Minuten später beschleunigte der Frachter.

Um 00:30 Uhr Bordzeit ging die Walze in den Hyperraum.

08:25 Uhr – Rücksturz. Orientierungsmanöver und Rafferimpuls der folgenden WIDDER-Einheiten. Die drei Schiffe hielten Distanzen zwischen 150 und 200 Lichtjahren.

09:18 Uhr – Der Hypertrop trat in Tätigkeit und zapfte Energie aus dem Hyperraum. Obwohl die Gravitraf-Speicher noch mit einem hohen Pegel gefüllt waren. Aber William Ada, der das Unternehmen leitete, wollte kein Risiko eingehen. Niemand konnte vorhersagen, wie der Rückzug von Becknamborr aussehen würde. Vielleicht war man dann gerade auf diese restliche Speicherenergie angewiesen.

13:29 Uhr – Der virtuelle G-Punkt richtete sich auf den Ziel-Vektor und beschleunigte den Frachter. Durch den Metagrav-Vortex stürzte das Schiff schließlich in den Hyperraum. Überlicht-Faktor zehn Millionen.

05:06 Uhr des nächsten Tages – nach beinahe 18000 Lichtjahren erschien auf den Bildschirmen des MOGHUIRA I endlich wieder die Sternenfülle der Milchstraße.

Die Ortungen erfaßten kein anderes Raumschiff im Umkreis von mehreren Lichtmonaten.

Zweieinhalb Lichtwochen voraus stand eine kleine Sonne mit zwei Planeten. Die innere Welt war Becknamborr, von der Optik lediglich als bleiche Sichel wiedergegeben.

Die Syntron-Spezialisten der Widder hatten inzwischen alle Speicherdaten extrahiert, auch die nur dem Patriarchen zugänglichen. Nur deshalb wußte Ada, bei welcher Distanz ein Erkennungsimpuls abzusetzen war.

Ein weiterer kurzer Überlichtflug, Rücksturz bei 1,08 Millionen Kilometern über der Dschungelwelt. Mehrere Minuten bangen Wartens, dann endlich die Bestätigung der Station. Die Landefreigabe war erteilt.

An Bord der MOGHUIRA I herrschte angespannte Erwartung. Tarni Perst hatte den Eindruck, daß man eine Nadel hätte fallen hören können. In den Laderäumen standen die Kampfroboter bereit, hinter ihnen die Landetrupps. Zehn Roboter waren für den Transport und die Bewachung eines tragbaren Transmitters abgestellt. Ada wollte sich auf jeden Fall einen Fluchtweg offenhalten.

Becknamborr wuchs zur beachtlichen Kugel. Dichte Wolkenbänke verwehrten den Blick auf die Oberfläche, aber die Relieftaster zeigten eine wild-zerklüftete Landschaft. Mächtige Vulkankrater bestimmten ebenso das Bild wie ausgedehnte Wasserflächen.

Endlich erfaßten die Ortungen die Gen-Fabrik. Sie lag auf einem kleinen Kontinent weit im Süden, fern aller vulkanischen und tektonischen Tätigkeit.

Der Syntron simulierte auch jetzt die Springer-Besatzung. Tarni fragte sich, wann der Betrug auffallen würde, aber offenbar war alles Routine. Der Arkonide auf dem Bildschirm begrüßte Moghuira als alten Bekannten.

Endlich tauchte der Frachter in die von Wasserdampf gesättigte Atmosphäre ein.

Chech! rief Tarni Perst in Gedanken. *Ich bin zurückgekehrt. Wie versprochen.*

Vergeblich lauschte sie in sich hinein. Sie erhielt keine Antwort der Maggas-Echse.

Die Kampfroboter und die Widder sind gekommen, euch zu befreien. Wenn du meine Gedanken hören kannst, Chech, dann antworte.

Tarni schreckte auf, als sie unsanft an den Schultern gerüttelt wurde. Ada stand im SERUN vor ihr und schaute sie fragend an. Im ersten Augenblick wollte sie aufbrausen, aber dann schüttelte sie nur den Kopf. Ada wußte, daß sie versucht hatte, gedanklich mit den Bionten Kontakt aufzunehmen.

Seine Geste sagte mehr, als Worte je vermocht hätten. Er

machte ihr keine falsche Hoffnung. Die Cantaro hatten die Bionten benutzt und sich ihrer nach getaner Arbeit entledigt.

»Leben wir wirklich in einer Welt, in der ein einzelnes Leben nichts mehr gilt?« fragte sie aufgebracht. »Weil das Leben an sich beliebig reproduzierbar geworden ist?«

»Wir müssen gehen«, sagte Ada, ohne auf ihre Frage einzugehen. »Der Frachter wird gleich landen, danach kommt es auf jede Minute an.«

Die Gen-Fabrik lag in der brütenden Mittagshitze, eine metallisch schillernde Narbe inmitten endlos anmutender dichter Wälder. Nahezu eineinhalb Kilometer betrug der maximale Durchmesser der Kuppel.

Für kurze Zeit entstand eine Strukturlücke im Schirmfeld der Station. Gleichzeitig attackierte ein Schwarm Flugsaurier den Frachter, doch die meisten Tiere wurden ein Opfer überschlagender Energien und stürzten als lodernde Fackel ab.

Chech, melde dich! Tarnis neuerlicher Ruf nach dem Echsen-Klon blieb so erfolglos wie die vorangegangenen Versuche.

»Wir müssen verhindern, daß Leben zur bloßen Ware degradiert wird und der Zeugungsakt zum ausschließlich technischen und manipulierbaren Vorgang«, schnaubte sie in missionarischem Eifer.

Im ersten Moment wußte sie nicht, weshalb William Ada herausfordernd zu grinsen begann. »Du hast recht«, gestand er ein. »Du hast sogar völlig recht. Technik kann keine Gefühle ersetzen.«

Ada verschwand vor ihren Augen. Doch als Tarni ihren eigenen Deflektorschirm aktivierte, wurde die Lichtbrechung gegenseitig kompensiert. Nur für Außenstehende, die keine technischen oder visuellen Hilfsmittel benutzten, würde der Landetrupp unsichtbar sein.

Der Frachter war gelandet.

»Wir beginnen in zehn Minuten mit dem Entladen«, bestimmte der Arkonide. »Ich hoffe, Moghuira, du hast diesmal an mich gedacht.«

»Aber natürlich«, gab der Syntron ausweichend zurück und übermittelte eine unverfängliche Bildsequenz.

Das war ungefähr der Zeitpunkt, in dem Tarni Perst wieder die Station betrat und alle schlecht verheilten Wunden in ihr aufbrachen. Ausgerechnet jetzt waren selbstquälerische Fragen fehl am Platz. Tarni biß die Zähne zusammen und stürmte los, inmitten einer Gruppe von zwanzig zu allem entschlossenen Widerstandskämpfern.

Ihr spärliches Wissen vom Aufbau der Station hatte sie weitergegeben. Jetzt erschien es ihr wie ein Tropfen auf den heißen Stein. Die Gen-Fabrik war weitaus größer, als sie es in Erinnerung hatte. Auch das nur eine Manipulation?

Ihr blieb keine Zeit, mit sich selbst ins Reine zu kommen. Die Gruppe hatte eben die Hangars erreicht, als ein Wartungsroboter Alarm auslöste. Mit ihrer Entdeckung hatten sie jedoch rechnen müssen, die Deflektorschirme bedeuteten kein Allheilmittel.

Ada befahl den Einsatz der Gravojet-Triebwerke. Mit steigender Geschwindigkeit rasten sie dicht über dem Boden durch den Hangar. Das erste noch unkonzentrierte Feuer der Verteidiger brachte den einen oder anderen Schutzschirm kurz zum Aufflammen.

Hinter ihnen begannen die terranischen Kampfroboter den Angriff.

Voraus lag der Kraftwerksbereich. Tarni hatte ihn als offene Sektion in Erinnerung, mußte zu ihrer Überraschung aber feststellen, daß die gesamte Anlage mit Schirmfeldern gesichert war. Hier gab es kein Durchkommen.

»Wo ist der Kontrollraum, von dem du berichtet hast?« wollte Ada wissen.

»Ich … ich bin mir nicht mehr sicher.«

Ada stieß eine Verwünschung aus. Die Verteidiger begannen sich zu organisieren. Heftiges Feuer schlug den Widdern entgegen und stoppte vorübergehend ihren Vormarsch. Unvermittelt sahen sie sich in einem Korridor von Robotern in die Zange genommen. Unter dem konzentrierten Beschuß zeigte das Schirmfeld eines Widders erste Strukturrisse; als es zusammenbrach, blieb dem Mann nicht einmal mehr Zeit für einen Aufschrei.

Der einzige Fluchtweg führte durch die Wände. Die Luft innerhalb des Korridors begann zu glühen, als Ada und einige seiner Männer mit ihren Impulsstrahlern den Stahl aufschnitten, aber sie schafften das Unmögliche, bevor die gegnerischen Roboter zu nahe heran waren.

Die Widder hinterließen eine Spur der Zerstörung. Als ihnen in einem Antigravschacht abermals Roboter entgegenkamen, bereitete Ada dem Spuk mit einer Mikro-Fusionsladung ein rasches Ende. Die Folge waren zwar eine totale Verwüstung im Umkreis von dreißig Metern und Energieausfall auf der gesamten Sektion, aber der Trupp kam so ungehindert voran.

Während die anderen die Schaltzentralen besetzten, war es ihre Aufgabe, auf die untere Etage vorzustoßen und die Bionten zu finden.

Zwei Stunden waren für das Unternehmen veranschlagt, zwanzig Minuten davon schon verstrichen. Der Funkkontakt zur MOGHUIRA I brach unvermittelt ab, nachdem die Verständigung mit anderen Landungstruppen schon zuvor problematisch gewesen war. Allem Anschein nach existierten innerhalb der Station starke Störfelder.

Das weitere Vordringen wurde allmählich zum Stellungskampf. Aber die Widder bissen sich durch.

Weitere dreißig Minuten vergingen, bis die Gruppe um Ada endlich die unterste Ebene erreichte. Hier stimmte die Architektur mit Tarnis Erinnerungen überein, aber als sie – nach zwei weiteren Verlusten – die Halle stürmten, war nichts so, wie sie es erhofft hatten. Der Dschungel hatte von diesem Teil des Gebäudes Besitz ergriffen und alles überwuchert.

»Chech!« brüllte Tarni. Ihr Schrei lockte nur zwei Raubechsen an, die im konzentrierten Feuer vergingen.

»Das war's dann wohl«, bemerkte Ada. »Wir ziehen uns zurück.«

›Tarni Perst!‹ Ein jähes Dröhnen in ihrem Schädel, ein Gefühl, das Übelkeit hervorrief. Tarni taumelte in den Korridor hinaus. Einen Mann, der sie stützen wollte, stieß sie schroff zur Seite.

Chech, rief sie in Gedanken, *was ist geschehen?*

›Wir haben verloren, Tarni. Wir werden sterben.‹

Unsinn. Die Kampfroboter marschieren, wie ich es versprochen habe. Wo finde ich euch?

Seine Gedanken klangen verwirrt, waren plötzlich nur noch Bruchstücke. Die Maggas-Echse sprach von einem Absorberfeld, das ihre Kräfte schwächte. Camaarden hatte sich für die Fluchthilfe bitter gerächt, nur Chech und Kordd fristeten ein klägliches Dasein. ›Wir haben die Hoffnung längst verloren.‹

Eineinhalb Stunden seit Beginn der Aktion: Die Kampfroboter waren zur Hälfte aufgerieben, aber der Rest und die Landungstruppen erfolgreich. Achtzig Prozent der Gen-Fabrik in der Hand der Widder, einige hundert Aras und Angehörige anderer galaktischer Völker in Gefangenschaft, überwiegend Gen-Techniker und medizinisch hochqualifiziertes Personal …

… und dann drangen sie in das Gefängnis der Bionten ein.

Einer der Widder wirbelte jäh herum und richtete den Impulsstrahler auf die eigenen Leute. Brüllend feuerte er auf Ada, dessen Schutzschirm die auftreffenden Energien jedoch mühelos absorbierte.

Gleich darauf, wie in einem stummen Zweikampf, richtete er die Waffe gegen sich selbst …

»Nicht«, schrie Tarni Perst. »Tu das nicht!«

… und drückte ab.

Die anderen standen wie erstarrt; sie schienen überhaupt nicht zu begreifen, was geschehen war. Ada war der erste, der seinen Strahler fallen ließ.

»Nein«, keuchte einer der Männer halb erstickt. »Ich werde das nicht tun, ich … « Nur noch ein Gurgeln drang aus seiner Kehle, ein Röcheln, während er verzweifelt versuchte, das unsichtbare Band zu zerreißen, das sich um seinen Hals gelegt hatte. Er schaffte es nicht und starb, ohne daß ihm einer helfen konnte.

»Kordd«, keuchte Tarni Perst entsetzt, »bist du wahnsinnig? Das sind unsere Freunde.«

›Deine Freunde‹, hallte es unter ihrer Schädeldecke, ›nicht unsere.‹

Tarni spürte, daß ihre Knie weich wurden. Es stimmte also doch: Die Cantaro hatten sie von Anfang an benutzt. Nichts, was sie aus freien Stücken zu tun geglaubt hatte, war wirklich ihrer eigenen Entscheidung entsprungen.

›Der Gedanke an Flucht schon‹, höhnte Chech. ›Aber du hast Camaarden enttäuscht, du hättest Romulus töten sollen und hast es nicht geschafft.‹ Ein telepathisches Lachen folgte. ›Wenigstens lese ich in deinen Gedanken, wer Romulus ist und daß sein Schiff bald über Becknamborr erscheinen wird.‹

»Ich habe dir vertraut«, keuchte Tarni. »Du ... du bist doch nur ein Monstrum.«

›Sag das nicht noch einmal.‹

»Wenn du es hören willst, warum nicht. Du Mon ... «

Eine grelle Sonne schien unter Tarnis Schädeldecke zu explodieren. Zuckend brach sie zusammen und wälzte sich wimmernd am Boden. Aber gleich darauf stemmte sie sich auf den Ellenbogen hoch, gerade noch rechtzeitig, um zu sehen, wie sich die Wand hinter den Bionten auflöste.

Warum um alles in der Welt schoß keiner der Widder? Sie mußten doch sehen, daß sie einem Cantaro gegenüberstanden.

›Sie sehen es, Tarni, und sie begreifen es. Aber Kordd läßt ihnen keine Freiheit.‹

Camaarden kam näher. Tarni hätte ihn unter Tausenden von Cantaro sofort wiedererkannt. Zumindest glaubte sie das.

»Ich wollte euch sehen«, sagte Camaarden. »Nicht als holografische Wiedergabe, sondern real. Ich wollte die Furcht in euren Augen sehen, wenn ihr erfahrt, daß die Widder in wenigen Minuten nicht mehr existieren werden. Mein

Diener hat mich wissen lassen, daß euer Flaggschiff in Kürze über dieser Welt erscheinen wird.«

Täuschte Tarni sich, oder schwang in Camaardens Stimme wirklich eine Nuance von Zufriedenheit mit? Ein Droide, der Gefühle zeigte?

»Ihr werdet sterben, aber eure Gene werden unseren Gen-Technikern als Grundmaterial für neue Forschungen dienen.«

»Niemals!« keuchte Ada.

Camaarden baute sich vor ihm auf und krallte seine metallenen Finger in Adas Gesicht. »Wie willst du das verhindern? Versuch dich zu bewegen, wenn du kannst.«

An Adas Schläfen schwollen die Adern. Die ungeheure körperliche Anstrengung war ihm anzusehen, aber er schaffte es nicht einmal, den Kopf zur Seite zu drehen. Kordd hielt ihn fest im telekinetischen Griff.

Tarni hingegen richtete sich langsam auf den Knien auf. *Ich hasse euch,* dachte sie.

›Du bist dir nicht einmal dessen sicher, Tarni Perst.‹

Chech hatte recht. Sie war sich nicht sicher. Er kannte ihre Gedanken besser als sie selbst. Andererseits …

Ein Schiff fliegt zu den Sternen,
in unbekannte Fernen.

Ein alter Kinderreim. Als Vierjährige hatte sie ihn oft gesungen, so oft, daß die Strophen tief in ihrem Unterbewußtsein verankert waren.

Galaktiker sind frei
und überall dabei …

Sie spürte Chechs Verwirrung. Der Droide konnte mit dem Reim wenig anfangen.

Nicht daran denken!

Eins, zwei, drei, Galaktiker sind frei. Tarnis Gedanken überschlugen sich. *Nein,* dröhnte es ihn ihr, *nicht daran denken. Um Himmelswillen, nicht denken …*

›Was ist los?‹ drängte Chech. ›Woran willst du nicht denken?‹

Nichts, nichts … Ein Teufelskreis. *Eins, zwei …* Es war

unmöglich, die eigenen Gedanken unter Kontrolle zu halten. Aber nur noch wenige Zentimeter, dann …

›Nein!‹ schrie Chech lautlos auf, als er ihre Gedanken jäh wieder wie ein aufgeschlagenes Buch vor sich sah. Doch in dem Moment riß Tarni Adas Impulsstrahler hoch und drückte ab.

Der gluthelle Strahl durchtrennte einen von Kordds Schlangenhälsen und verbrannte seinen anderen Kopf.

Frei! triumphierte Tarni. Gleichzeitig sah sie noch, daß Camaarden sich ihr zuwandte, die Hand ausstreckte, und dann schlug eine grelle Feuerlohe über ihr zusammen und löschte ihr bewußtes Denken aus.

622 NGZ, 21. Juni. Eine unbedeutende Welt im galaktischen Zentrumsbereich.

Heulend fegte der Schneesturm über die schroffen Felsbänder. Innerhalb weniger Minuten war die Temperatur auf 25 Grad Minus gefallen. Trotzdem kämpfte eine einsame Gestalt gegen das Unwetter an. Sie trug keinen Schutzanzug, nur eine dünne Bordkombination, die ihr längst in Fetzen vom Körper hing.

Eine menschliche Gestalt, eine Frau. Sie spürte die Kälte nicht, weil ihr Körper von künstlicher Haut überzogen war. Ohne Ermüdungserscheinungen stapfte sie durch den knietiefen Schnee. Die stählernen Muskeln würden erst erlahmen, wenn die Energieversorgung ausfiel. Aber bis dahin konnten Monate vergehen.

Den Blick hielt sie starr geradeaus gerichtet. Ihre linke Gesichtshälfte war von Eis bedeckt, sie achtete nicht darauf. Es war nicht ihr ursprüngliches Gesicht, das hatte ein Strahlschuß bis auf die Knochen verbrannt. Ihr künstliches Auge funktionierte auch im Infrarotbereich. Sie folgte einer verwehenden Wärmespur …

Agentin Tarni Perst, im Einsatz für die Widder. Gemeinsam mit William Ada, stationiert auf einer Space-Jet namens RESISTANCE II.

An die Vergangenheit dachte sie nur noch selten. Höchstens in Situationen wie dieser, wenn die Einsamkeit an der Psyche zerrte.

Als sie damals den Bionten Kordd getötet hatte, hatten die von ihm telekinetisch festgehaltenen Widder plötzlich wieder freie Hand bekommen. Camaarden war ebenso wie Chech in ihrem konzentrierten Feuer gestorben, und sein Tod hatte die Selbstzerstörung der Gen-Fabrik ausgelöst.

Nur Sekunden vor dem Ende war es Ada und den letzten drei Überlebenden seines Trupps gelungen, sich selbst und die schwer verwundete Tarni Perst über den transportablen Transmitter an Bord der QUEEN LIBERTY zu retten.

Wochenlang hatte Tarni mit dem Tod gerungen, und drei Jahre hatten vergehen müssen, bis sie zum erstenmal wieder das Licht einer Sonne gesehen hatte.

Aber um welchen Preis?

Ihr Körper war halb zur Maschine geworden, sie selbst glich den verhaßten Cantaro.

Die Hoffnung auf ein Wiedersehen mit ihrem Vater hatte sie aufgegeben. Es war nicht gut, alten Träumen nachzutrauern.

Einzig und allein die Zukunft zählte.